Les mystères romains

Du sang sur la via Appia

Dans la même série :

Du sang sur la via Appia

Les secrets de Pompéi

Les pirates de Pompéi

Les assassins de Rome

Les dauphins de Laurentum

Les 12 travaux de Flavia

Les ennemis de Jupiter

Les gladiateurs de l'empereur

Le marchand d'esclaves

Les fugitifs d'Athènes

Les espions de Surrentum

Les cavaliers de Rome

L'esclave de Jérusalem

L'émeraude du désert

Titre original : *The Thieves of Ostia*
First published in Great Britain in 2001
by Orion Children's Books
a division of the Orion Publishing group Ltd
Orion House, Upper St Martin's lane
London WC2H 9EA

1, rond-point du Général-Eisenhower,
31101 Toulouse Cedex 9, France
Loi 49-956 du 16 juillet 1949
sur les publications destinées à la jeunesse
ISBN : 978-2-7459-4755-0
editionsmilan.com

Caroline Lawrence

Les mystères romains

Du sang sur la via Appia

Traduit de l'anglais par
Amélie Sarn

MILAN

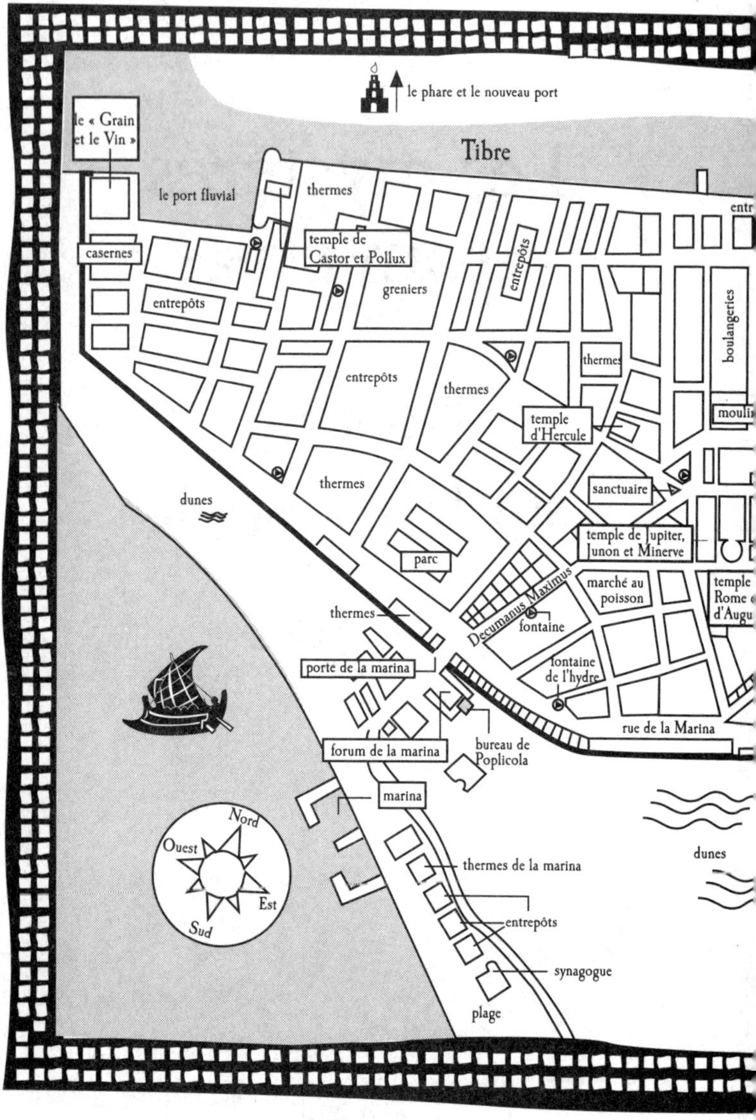
le phare et le nouveau port
le « Grain
et le Vin »
Tibre
le port fluvial
thermes
casernes
temple de
Castor et Pollux
entrepôts
greniers
entrepôts
boulangeries
thermes
entrepôts
thermes
temple
d'Hercule
thermes
sanctuaire
dunes
temple de Jupiter,
Junon et Minerve
parc
marché au
poisson
thermes
Decumanus Maximus
fontaine
porte de la marina
fontaine
de l'hydre
rue de la Marina
forum de la marina
bureau de
Poplicola
marina
Nord
Ouest
Est
Sud
thermes de la marina
dunes
entrepôts
synagogue
plage

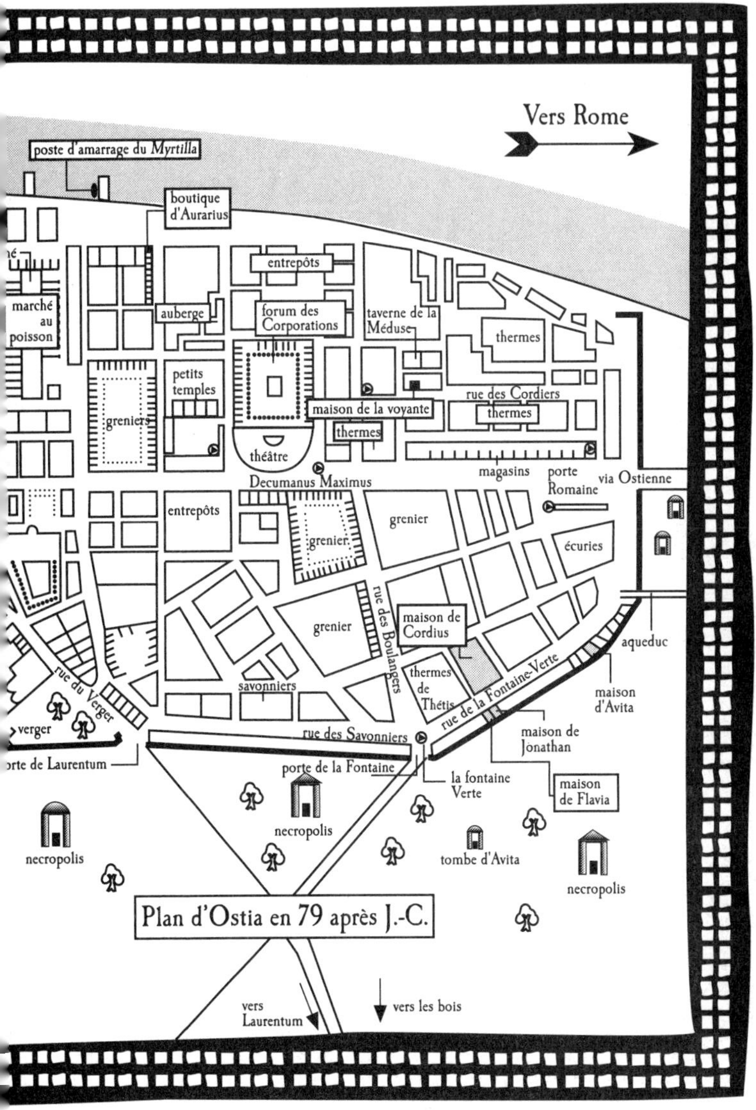

Vers Rome
poste d'amarrage du *Myrtilla*
boutique d'Aurarius
entrepôts
marché au poisson
auberge
forum des Corporations
taverne de la Méduse
thermes
petits temples
greniers
maison de la voyante
rue des Cordiers
thermes
thermes
théâtre
magasins
porte Romaine
via Ostienne
Decumanus Maximus
entrepôts
grenier
grenier
écuries
rue des Boulangers
grenier
maison de Cordius
aqueduc
savonniers
thermes de Thétis
rue de la Fontaine-Verte
maison d'Avita
rue du Verger
verger
rue des Savonniers
maison de Jonathan
orte de Laurentum
porte de la Fontaine
la fontaine Verte
maison de Flavia
necropolis
necropolis
tombe d'Avita
necropolis
Plan d'Ostia en 79 après J.-C.
vers Laurentum
vers les bois

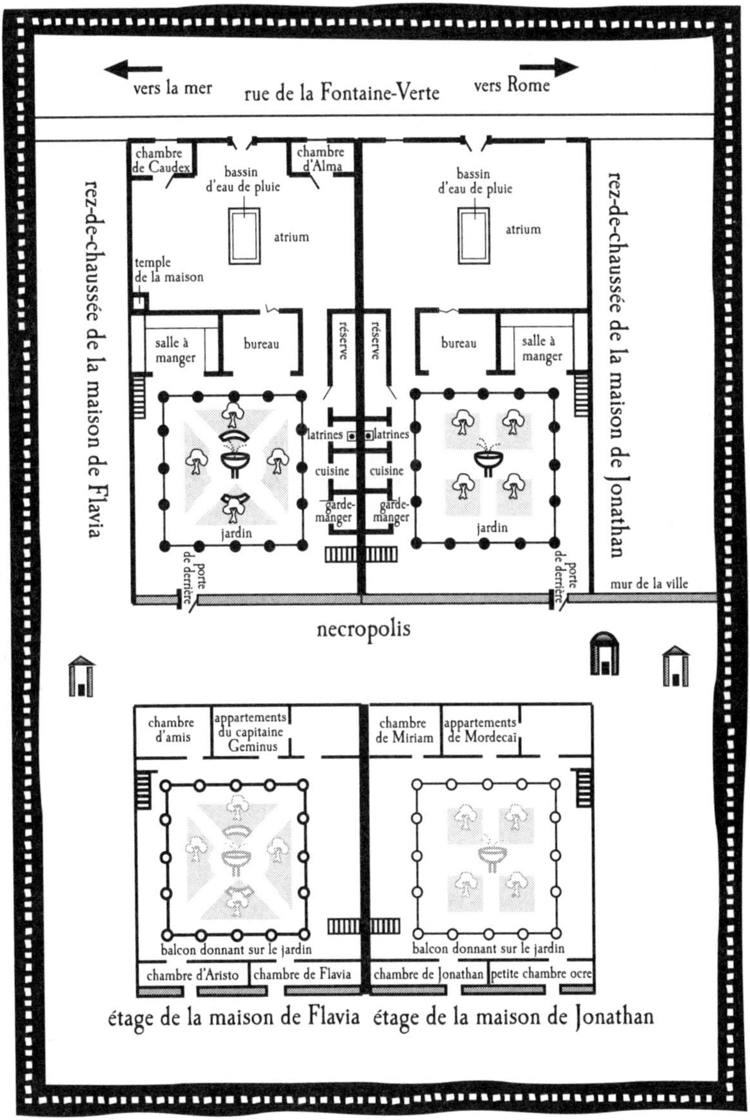
vers la mer
rue de la Fontaine-Verte
vers Rome
rez-de-chaussée de la maison de Flavia
chambre de Caudex
bassin d'eau de pluie
chambre d'Alma
atrium
temple de la maison
salle à manger
bureau
réserve
latrines
cuisine
garde-manger
jardin
porte de derrière
réserve
latrines
cuisine
garde-manger
bassin d'eau de pluie
atrium
bureau
salle à manger
jardin
porte de derrière
rez-de-chaussée de la maison de Jonathan
mur de la ville
necropolis
chambre d'amis
appartements du capitaine Geminus
chambre de Miriam
appartements de Mordecaï
balcon donnant sur le jardin
balcon donnant sur le jardin
chambre d'Aristo
chambre de Flavia
chambre de Jonathan
petite chambre ocre
étage de la maison de Flavia
étage de la maison de Jonathan

À ma mère et à mon père,
pour tout leur amour et leur aide.

1

Flavia[1] Gemina résolut sa première énigme au mois de juin. L'empereur Vespasien[2] régnait sur l'Empire romain depuis dix ans.

Elle avait toujours été assez douée pour retrouver les affaires de son père : sa toge* préférée, sa plume d'oie, et même sa dague de cérémonie. Mais cette fois, il s'agissait d'un vrai crime avec un coupable en chair et en os.

Il faisait chaud, cet après-midi-là. La brise marine ne s'était pas encore levée. Flavia venait de s'installer dans le jardin, près de la fontaine, avec une tasse de jus de pêche et son livre favori.

– Flavia ? Flavia ?

1. Nom féminin qui signifie « Jolie chevelure ».
2. Empereur romain (69-79 après J.-C.).
* Les mots ou groupes de mots suivis d'un astérisque sont expliqués en fin de volume.

Son père l'appelait depuis son bureau. Flavia but une gorgée de jus de fruit et parcourut rapidement le rouleau* qu'elle tenait entre les mains. Elle avait bien le temps de lire encore une ligne ou deux. Après tout, le bureau était tout près, juste de l'autre côté du figuier. Au centre de sa maison – comme c'était le cas de la plupart des maisons romaines du port d'Ostia* – se trouvait un jardin secret, invisible de la rue.

Quelques marches reliaient ce jardin à la salle à manger, à la cuisine, à la réserve, à de minuscules latrines et au bureau.

– Flavia !

Elle connaissait ce ton.

– J'arrive, Pater[1] ! répondit-elle.

Elle posa immédiatement sa tasse sur le banc de marbre et mit un caillou sur le rouleau pour retrouver l'endroit où elle s'était arrêtée.

Son père fouillait désespérément parmi les rouleaux étalés sur son bureau de cèdre. Marcus Flavius était extrêmement compétent à bord de son bateau, mais il était très étourdi dès qu'il était sur la terre ferme.

– Pater !

Flavia essayait de ne pas laisser transparaître son impatience.

– Qu'as-tu encore perdu ?

1. Mot latin pour « père ».

– Je n'ai rien perdu. On m'a volé !

– Quoi ? Qu'est-ce qu'on t'a volé ?

– Mon sceau ! mon sceau en améthyste ! Celui que ta mère m'avait offert !

– Oh !

Flavia fronça les sourcils. Sa mère était morte en couches quelques années plus tôt. Elle leur manquait terriblement à tous les deux.

Flavia posa doucement la main sur le bras de son père.

– Ne t'inquiète pas, Pater. Tu sais que je retrouve toujours tout.

– Oui, oui, c'est vrai.

Il sourit mais Flavia savait qu'il était bouleversé.

– Où l'as-tu vu pour la dernière fois ?

– Là, sur mon bureau. J'attendais que ces documents sèchent avant de les sceller.

Le père de Flavia partait pour Corinthe à la fin de la semaine. Il devait, en tant que propriétaire et capitaine du bateau, s'assurer que les papiers étaient en règle.

– Je ne me suis pas éloigné du bureau plus de quelques minutes, expliqua-t-il, juste le temps d'aller aux latrines. À mon retour, la bague avait disparu. Regarde, les documents n'ont pas bougé et la bougie est toujours allumée.

– Ça ne peut pas être le vent, il n'y a pas un souffle.

Flavia réfléchit. Elle regarda le figuier.

– Les esclaves* font la sieste dans leurs chambres, Scuto dort sous le jasmin, il n'a même pas aboyé. Oui, c'est étrange.

Le père de Flavia se passa machinalement la main dans les cheveux.

Flavia eut une idée.

– Pater, as-tu un autre sceau ?

– Oui, mais je l'utilise rarement. Mes fournisseurs ne vont pas le reconnaître…

– Castor et Pollux sont gravés dessus, je ne me trompe pas ?

Son père acquiesça. Castor et Pollux, les jumeaux de la mythologie, les Gémeaux, étaient associés à la famille Geminus depuis toujours.

– Bon. Tout le monde comprendra que c'est le tien. Utilise-le pour terminer ton courrier et moi, je cherche celui qui a été volé.

Le visage du capitaine Geminus se détendit et il regarda sa fille avec tendresse.

– Merci, ma petite chouette. (Il l'embrassa sur le front.) Je ne sais pas ce que je ferais sans toi.

Il monta à l'étage pour prendre le sceau dans la commode de sa chambre. Flavia regarda autour d'elle. Le bureau, au sol de marbre et aux murs peints en jaune et rouge, n'était pas grand mais lumineux. Meublé simplement d'une chaise et d'une table en cèdre éclairée par une lampe en bronze. Un buste de l'empereur Vespasien trônait sur une colonne en marbre rose.

La pièce avait deux portes : une petite, en accordéon, qui menait à l'atrium[1] dans la partie avant de la maison, et, sur le mur opposé, une plus large qui donnait directement sur le patio. Elle était pour le moment fermée par un rideau.

Le soleil dardait ses rayons sur les rouleaux. Un petit encrier scintillait. Il était attaché au bureau pour qu'on ne puisse le perdre. Pour la même raison, la plume d'oie en argent était reliée à la table par une chaînette. Flavia s'entortilla machinalement la chaîne autour du pouce et de l'index et la regarda briller dans les rayons de soleil.

Soudain, un détail lui sauta aux yeux : un des rouleaux – une liste de vivres pour un bateau – était maculé d'une tache noire à peine perceptible. Ce n'était ni un chiffre, ni une lettre. Sans toucher à rien, Flavia se pencha jusqu'à approcher son nez du rouleau.

Il n'y avait pas de doute. Quelqu'un, ou quelque chose, avait touché l'encre alors qu'elle n'était pas tout à fait sèche et avait laissé cette étrange marque triangulaire sur le parchemin. En l'examinant mieux, Flavia remarqua une très fine ligne entre les deux branches du V. On aurait dit le psi de l'alphabet grec : ψ

Un battement d'ailes provenant du jardin détourna l'attention de Flavia. Un oiseau noir et blanc était posé sur

1. Pièce des grandes maisons romaines, où l'on recevait les hôtes. Elle n'avait en général pas de toit et possédait un bassin pour recueillir l'eau de pluie.

une branche du figuier : une pie. Elle tourna la tête et jeta à Flavia un regard perçant.

Flavia comprit immédiatement. Les pies sont attirées par les objets brillants. L'oiseau avait sans doute marché dans l'encre encore humide et y avait laissé l'empreinte de sa patte.

Maintenant, Flavia n'avait plus qu'à découvrir son nid.

Elle réfléchit rapidement. Il lui fallait un appât. Sans tourner la tête, en se gardant de tout mouvement brusque, elle observa le bureau. Différents rouleaux de parchemin étaient disposés sur les étagères, mais ce n'était que de la peau et ils étaient noués par des cordons de cuir. Les pains de cire sur le bureau étaient beaucoup trop gros pour que l'oiseau puisse s'en emparer et la lampe à huile en bronze, bien trop lourde.

Un seul objet était susceptible d'attirer la pie. Lentement, Flavia détacha la chaîne en argent qu'elle portait autour du cou. Comme tous les enfants romains, filles ou garçons, elle possédait une amulette, une bulla[1]. Le jour de son mariage, elle en ferait l'offrande aux dieux.

Mais, pour le moment, la chaîne à laquelle pendait l'amulette allait servir un tout autre objectif. Flavia glissa la bulla dans la bourse accrochée à sa ceinture et déposa avec

1. Amulette de cuir ou de métal, portée par les enfants pour les différencier des esclaves.

précaution la chaîne dans un rayon de soleil. Elle envoyait des reflets tentants.

Flavia sortit du bureau à pas de loup et se cacha derrière la porte accordéon dans la fraîcheur et la semi-obscurité de l'atrium. Dès qu'elle fut hors de vue de la pie, elle s'avança dans le couloir qui menait au jardin.

Elle arriva au coin, juste à temps pour voir l'oiseau s'engouffrer dans le bureau.

Flavia retint sa respiration et pria pour que son père n'entre pas dans la pièce.

Un instant plus tard, la pie retournait sur sa branche, la chaîne dans le bec comme un ver de terre brillant. Elle resta là, à regarder autour d'elle, puis prit son envol au-dessus du toit de tuiles rouges, vers le cimetière.

Flavia traversa le jardin en courant et ouvrit le portail. Elle hésita une seconde.

Elle savait que le verrou se bloquerait derrière elle. Sa maison faisait partie intégrante des remparts de la ville. En sortant de ce côté, elle quittait Ostia.

De plus, ce portail donnait directement sur Necropolis[1], la « Cité des morts », où tombes et stèles étaient disséminées entre les arbres. Son père lui avait interdit d'y pénétrer.

Mais elle avait promis de retrouver le sceau.

1. « Cité des morts ». Cimetière situé en dehors des murs de la ville.

Flavia prit une grande inspiration et avança. Le portail se referma derrière elle et elle entendit la clenche du verrou retomber. Elle devait maintenant aller de l'avant.

Elle eut juste le temps d'apercevoir le plumage noir et blanc de l'oiseau qui se posa sur un pin parasol. Flavia s'approcha et se dissimula derrière un cyprès.

La pie reprit son envol et Flavia courut jusqu'au pin. Elle glissa un œil derrière le tronc, mais l'oiseau avait disparu. Flavia ne percevait aucun mouvement. Son cœur battait à tout rompre.

Soudain, dans un vieux chêne, elle aperçut un éclair noir et blanc. La pie. Elle avait surgi du tronc du chêne comme un bouchon de liège hors de l'eau. Et son bec était vide.

Pendant quelques instants, la pie lissa fièrement son plumage, manifestement ravie de sa dernière acquisition de l'après-midi. Elle sauta sur une branche au-dessus d'elle, hocha la tête et s'envola de nouveau vers Ostia. Elle espérait sans doute trouver d'autres trésors dans la maison du capitaine Geminus.

Flavia se faufila entre les tombes et les arbres jusqu'au chêne. L'écorce était rugueuse et lui blessait les paumes mais lui offrait en même temps de nombreuses prises. Elle l'escalada sans grande difficulté.

Quand elle atteignit la fourche de l'arbre, elle écarquilla les yeux d'étonnement : elle venait de découvrir un véritable petit trésor. Sur le dessus, étaient posés sa chaîne et le sceau de son père. En remerciant silencieusement Castor et Pollux, elle glissa la bague et la chaînette dans sa bourse.

Plongeant les doigts plus profondément, elle trouva trois bracelets d'argent et une boucle d'oreille en or. Flavia les enfouit également dans sa bourse mais décida de laisser les chaînes et les bagues en cuivre. Elles étaient tout oxydées et sans grande valeur. Du bout des doigts, elle écarta quelques tessons de verre. Dessous, elle découvrit une autre boucle d'oreille, jaune et brillante. Elle était lourde. C'était de l'or. Elle était ornée de trois chaînettes au bout desquelles pendait une perle. Une émeraude était enchâssée en son milieu. Flavia, émerveillée par la beauté du bijou, le remisa également dans sa bourse.

Maintenant, elle devait se dépêcher de rentrer avant que son père ne s'inquiète de son absence. Elle s'apprêtait à sauter du chêne quand un bruit l'arrêta. Un bruit étrange, comme un halètement.

Elle regarda nerveusement la grande tombe à quelques pas sur sa droite. Elle était surmontée d'un petit mausolée, au toit et à la porte en forme d'arche. Il était assez grand pour contenir une vingtaine d'urnes emplies de cendres de morts.

L'étrange halètement ne provenait pas de la tombe, mais du pied de l'arbre sur lequel elle était perchée.

Flavia pencha la tête et son cœur s'arrêta de battre. Au pied de l'arbre, une demi-douzaine de chiens sauvages la regardaient en montrant les crocs.

2

Flavia ne pouvait empêcher ses genoux de trembler. Elle s'accrocha si fort aux branches que les articulations de ses doigts en devinrent blanches. Elle devait se calmer. Réfléchir. Jetant un coup d'œil aux chiens sauvages, elle réalisa qu'elle n'avait pas trente-six solutions à sa disposition.

Elle se mit à hurler.

Malgré le tremblement qui agitait ses mains, elle parvint à se hisser jusqu'à la branche supérieure. Les chiens gémirent et grognèrent.

– Au secours ! cria Flavia. Au secours !

Seul le chant monotone des cigales lui répondit.

– Au secours ! cria-t-elle de nouveau. Je suis dans un arbre, ajouta-t-elle au cas où quelqu'un l'aurait entendue sans réussir à la repérer.

La plupart des chiens étaient maintenant assis au pied de l'arbre, langue pendante. Ils ne la quittaient pas des yeux. La situation de Flavia semblait presque les amuser. Ils étaient sept, maigres, jaunes et pelés. Leur chef était un mastiff au pelage noir et aux yeux rouges. Sa mâchoire dégoulinait de bave.

– Sales bêtes ! marmonna Flavia.

Le mastiff grogna, comme s'il l'avait entendue et comprise.

Soudain, un chien jaune poussa un jappement aigu et se redressa comme s'il venait d'être piqué par une abeille. Puis le mastiff montra les crocs et se tordit de douleur. Une pierre venait de l'atteindre sur le flanc. Flavia vit une deuxième pierre fendre l'air, puis une autre qui atteignit son but avec une précision étonnante. Les chiens gémirent, jappèrent et disparurent, la queue basse, vers le bois.

– Vite, appela une voix, descends avant qu'ils ne reviennent.

Flavia ne se le fit pas dire deux fois. Elle ferma les yeux et sauta.

– Ouille ! Ma cheville !

Flavia commença à courir, mais une douleur lancinante lui traversa la jambe, à lui en donner la nausée. Un garçon de son âge sortit de derrière un arbre et se précipita vers elle. Il passa maladroitement son bras autour de la taille de Flavia et l'aida à se redresser.

– Viens, la pressa-t-il.

Ses yeux noirs reflétaient la peur.

– Vite !

À chaque pas, la douleur était un peu moins forte, mais ils n'avançaient pas très vite. Ils avaient presque atteint le pin parasol quand le jeune garçon regarda derrière lui, s'arrêta et porta la main à sa ceinture.

– Tiens-toi au tronc de cet arbre, ordonna-t-il à Flavia.

Il prit sa fronde et glissa les doigts dans une bourse de cuir qui pendait à sa ceinture. Il plaça un caillou pointu dans la fronde, se recula de quelques pas, et la fit tourner au-dessus de sa tête. Flavia s'agrippa à l'arbre et ferma les yeux. Elle entendit le sifflement de la fronde, son bourdonnement qui ressemblait à celui d'une guêpe en colère. Un chien gémit et le garçon s'écria triomphalement :

– Je l'ai eu ! Allez viens, reprit-il, le mastiff est à terre mais il n'est sûrement pas mort. Ils vont reprendre leur chasse dans quelques minutes.

Flavia prit une grande inspiration et avança aussi vite qu'elle le pouvait. Les chardons lui griffaient les jambes et l'étreinte du garçon, qui la poussait et la maintenait en même temps, lui faisait mal.

Soudain, le garçon se mit à crier dans une langue que Flavia n'avait jamais entendue.

Ils étaient presque arrivés devant chez elle mais il l'entraîna vers la droite.

– Non, ma maison est ici, protesta-t-elle.

Le garçon ne répondit pas et appela une nouvelle fois dans son étrange langage. Il la poussa vers la porte arrière de la maison voisine. Il jeta un regard derrière lui et murmura quelques mots en latin que Flavia comprit parfaitement. Ce n'était pas une expression des plus polies.

Elle entendit les chiens aboyer derrière eux. Le garçon la poussa précipitamment et elle l'entendit reprendre son souffle. Ils étaient maintenant tout près du portail, elle pouvait en voir la peinture verte, écaillée. Mais la meute était juste sur leurs talons. Elle s'attendait à sentir d'une seconde à l'autre la douleur de crocs plantés dans la chair de son mollet.

Soudain, le portail s'ouvrit. Une silhouette vêtue d'une robe noire apparut, montra les chiens du doigt et cria quelque chose dans une langue inconnue.

Les chiens stoppèrent net. La silhouette en profita pour attraper Flavia et le garçon, les tirer derrière la porte et la claquer au nez des chiens, qui avaient entre-temps repris leur avancée.

Flavia sanglota de soulagement. Des bras puissants la serrèrent. Le tissu rêche sous son nez sentait les épices. C'était réconfortant.

Le museau d'un chien vint brusquement se coller sur son bras. Flavia cria et fit un bond en arrière. Un joli chien blanc leva ses yeux noisette vers elle. Il remuait la queue joyeusement.

– Bobas, laisse-la tranquille, vilain chien ! ordonna l'homme fermement.

Le chien n'y prêta aucune attention et lécha la main de Flavia.

Flavia se mit à rire à travers ses larmes. C'était le chien qu'elle avait entendu aboyer la semaine précédente, lorsque la mystérieuse famille s'était installée dans l'ancienne maison des Festus. Elle renifla et s'essuya le nez du revers de la main. Puis elle recula pour regarder son sauveur.

– Laisse-moi me présenter, commença l'homme.

Il avait un accent agréable.

– Mon nom est Mordecaï ben Ezra et voici mon fils Jonathan.

Il s'inclina légèrement.

– Que la paix soit avec toi.

Jonathan, penché en avant, les mains sur les genoux, respirait avec difficulté. Il avait un visage carré et une masse impressionnante de cheveux bouclés. Il leva les yeux vers Flavia et hocha la tête, mais il était incapable de parler.

– Miriam, appela le père de Jonathan, apporte l'huile de marjolaine, vite.

Il se tourna vers Flavia et s'excusa presque :

– Mon fils est asthmatique.

Le père de Jonathan avait un nez pointu et une barbe grisonnante coupée ras. Deux longues mèches de cheveux bouclés émergeaient de chaque côté du turban noir noué autour de sa tête. Il était pour Flavia d'un exotisme étrange, mais ses yeux aux lourdes paupières reflétaient beaucoup de gentillesse.

Une jolie jeune fille d'environ treize ans apparut, une petite jarre de terre à la main. Elle la déboucha et la plaça sous le nez de Jonathan.

– Voici Miriam, ma fille, annonça fièrement Mordecaï. Miriam, je te présente…

Tous les regards se tournèrent vers Flavia.

– Flavia. Flavia Gemina, fille de Marcus Flavius Geminus, capitaine de flotte, lança-t-elle, et elle ajouta : votre voisine la plus proche.

– Flavia Gemina, accepterais-tu de venir au jardin partager une boisson avec nous ? Tu pourrais ainsi nous raconter comment tu t'es retrouvée poursuivie par cette meute de chiens sauvages.

– Volontiers, répondit Flavia.

Mais lorsqu'elle voulut avancer, elle s'étrangla de douleur.

– Ma cheville !

Mordecaï se pencha et tâta la cheville gonflée de Flavia. Ses doigts étaient doux et frais, mais elle gémit de nouveau.

– Viens, je suis médecin.

Avant qu'elle ait eu le temps de protester, il l'avait prise dans ses bras. Jonathan les suivit. Il respirait mieux mais gardait la jarre de marjolaine sous le nez.

Dans les bras du docteur, Flavia traversa un jardin verdoyant qui menait à la pièce de travail. Bien que la maison ait été construite sur un plan identique à la sienne, elle avait la sensation de pénétrer dans un monde totalement différent. Les sols et les murs étaient recouverts de tentures, de coussins et de tapis multicolores. Dans le bureau, à la place d'une table de travail et d'une chaise, se trouvait un long sofa à rayures qui suivait les courbes du mur. Mordecaï l'allongea dessus et la cala contre des coussins brodés d'où s'exhalait une faible odeur d'épice qui faisait penser à la cardamome.

– Miriam, s'il te plaît, apporte de l'eau, des bandages de lin propres et le baume… Le baume syrien, pas le grec.

– Tout de suite, Père, répondit la jeune fille.

Puis elle ajouta une phrase dans son étrange langue.

– S'il te plaît, parle latin devant notre invitée, la reprit gentiment Mordecaï.

– Oui, Père, répondit-elle avant de sortir de la pièce.

– Jonathan, demanda le docteur, voudrais-tu s'il te plaît préparer un thé à la menthe ?

– Oui, Père, répondit le garçon qui respirait de mieux en mieux.

Flavia continua d'observer autour d'elle. Il n'y avait pas plus de trois ou quatre étagères de rouleaux dans le bureau de son père. Ici, les murs en étaient couverts. Sur une table de bois finement ouvragée était posé le plus magnifique rouleau qu'elle ait jamais vu. D'étranges lettres rouges et noires étaient tracées sur un parchemin crème épais.

Il était relié d'une couverture de soie rouge, bleue, noire et dorée.

Mordecaï suivit le regard de Flavia et s'approcha du rouleau.

– Nous sommes juifs et ceci est notre livre, prononça-t-il doucement.

Il posa son index et son majeur sur ses lèvres et toucha le parchemin.

– La Torah[1]. J'étais en train de la lire quand j'ai entendu mon fils appeler.

Il roula le papyrus[2] et l'enveloppa avec respect dans la couverture de soie.

Miriam réapparut, munie d'un bol et d'une cruche. À la grande gêne de Flavia, elle s'agenouilla et commença à lui laver les pieds. La sœur de Jonathan possédait les mêmes boucles noires que son frère, mais sa peau était pâle et ses yeux violets reflétaient le plus grand sérieux.

Pendant que Miriam séchait les pieds de Flavia, Jonathan entra chargé de quatre verres fumants sur un plateau. Il en tendit un à Flavia qui huma le parfum de menthe et avala avec gratitude une longue gorgée du breuvage doux et fort à la fois.

Pendant ce temps, Mordecaï appliquait une crème sur la cheville enflammée de Flavia et l'entourait de bandes de lin.

1. Livre religieux juif. Il fait référence soit à l'Ancien Testament dans son entier, soit aux cinq premiers livres.
2. Matière la plus utilisée et la moins chère sur laquelle on pouvait écrire, fabriquée à partir d'une plante égyptienne.

– Et maintenant, raconte-nous ton histoire, demanda-t-il sans cesser de soigner Flavia.

– Eh bien, j'étais dans l'arbre quand les chiens sont arrivés. Je savais que je ne pourrais pas m'échapper mais votre fils les a éloignés et… et je pense qu'il m'a sauvé la vie.

Flavia se sentit prête à éclater de nouveau en sanglots et elle avala une nouvelle gorgée de thé.

– Et puis-je demander ce qu'une jeune Romaine de bonne famille fabriquait en haut d'un arbre au milieu d'un cimetière ? demanda Mordecaï en nouant la dernière bande de lin.

– Je cherchais le nid de la pie, expliqua Flavia, et j'ai trouvé un trésor. Deux boucles d'oreilles en or et trois bracelets d'argent et j'ai récupéré ma chaîne et aussi le sceau de mon père… (Flavia s'arrêta net.) Oh, Pater doit être malade d'inquiétude. Il a sûrement déjà envoyé Caudex à ma recherche. Je dois rentrer à la maison tout de suite.

Elle posa son verre sur une table basse.

– Bien sûr, approuva Mordecaï. Ta cheville n'est pas foulée, juste tordue. Elle sera parfaitement remise dans un jour ou deux. Jonathan, te sens-tu assez bien maintenant pour raccompagner cette jeune personne jusque chez elle ?

– Oui, Père, répondit Jonathan.

Ensemble, ils aidèrent Flavia à se lever du sofa et la soutinrent tandis qu'elle traversait l'atrium en clopinant.

Miriam les suivait. Devant la porte d'entrée, Flavia se retourna.

– Au revoir et merci, je suis désolée de n'avoir pas fini le thé. Il était délicieux.

– Que la paix t'accompagne, lancèrent Mordecaï et Miriam en chœur.

Ils s'inclinèrent légèrement et Jonathan aida Flavia à sortir de la maison.

Ils longèrent l'étroit trottoir jusque chez elle.

Flavia souleva le heurtoir de cuivre à l'effigie de Castor et Pollux et frappa plusieurs fois.

Elle entendit l'aboiement de Scuto et, après une attente qui lui parut interminable, la minuscule fenêtre carrée découpée dans la porte s'ouvrit enfin. L'œil à la paupière tombante de Caudex se posa sur elle. Il fallut une bonne minute au gardien endormi pour pousser la clenche et ouvrir la porte.

– Pater, Pater ! cria Flavia.

Elle passa devant Caudex et le chien qui sautait de joie. Jonathan la suivit avec curiosité.

– Où es-tu, Pater ? appela-t-elle.

– Dans le bureau, ma chérie.

Le capitaine ne semblait pas inquiet le moins du monde.

– Je suis rentrée, Pater, j'ai retrouvé ton sceau et je suis saine et sauve.

Elle entra dans le bureau en boitant et s'approcha de son père qui lui tournait le dos.

Marcus Flavius était penché sur sa table de travail, occupé à soigneusement sceller un document à la cire.

– Et pourquoi ne serais-tu pas saine et sauve ? demanda-t-il sans lever la tête.

– Pater !

Le capitaine se retourna et, en la voyant, se leva d'un bond.

– Par la barbe de Neptune ! cria-t-il. Que t'est-il arrivé ? Regarde-toi ! Tes mains sont tout égratignées, tes cheveux sont pleins de brindilles, ta tunique[1] est déchirée et ta cheville est bandée ! Que s'est-il passé ?

Il jeta un regard soupçonneux par-dessus l'épaule de sa fille.

– Et qui est cette personne ?

1. Vêtement qui ressemblait à un long tee-shirt. Les tuniques portées par les enfants avaient en général les manches longues.

3

Ostia, la ville où vit Flavia, est la zone portuaire de Rome. Elle est parfois, tôt le matin, noyée dans la brume.

C'était le cas ce matin-là, celui de l'anniversaire de Flavia. Trois jours avaient passé depuis qu'elle avait retrouvé la bague de son père. En guise de cadeau d'anniversaire, Marcus Flavius avait proposé à sa fille de l'emmener chez un orfèvre. Peut-être pourrait-elle vendre le petit trésor qu'elle avait trouvé dans le nid de la pie.

Le soleil venait de se lever quand Flavia et son père quittèrent la maison. Ils descendirent la rue des Boulangers, tout embrumée, en direction du fleuve.

– Pater, pourquoi n'allons-nous pas au forum* du centre-ville ? Il y a un homme qui achète des bijoux là-bas.

– Je te l'ai déjà expliqué. Aurarius, l'orfèvre, te proposera un meilleur prix. C'est un de mes amis et il ne te volera pas comme le ferait très certainement ce Phénicien parfumé du forum. Tu as bien tout pris ?

Flavia posa la main sur la bourse de cuir souple qu'elle portait à la ceinture. Elle contenait tous les objets qu'elle avait trouvés dans le nid de la pie. Elle espérait en retirer assez d'argent pour s'acheter les douze rouleaux de l'*Énéide* qu'elle avait toujours eu envie de posséder. Elle les avait récemment vus chez le vendeur de livres du forum, dans une magnifique version illustrée. Mais ils étaient très chers : cent sesterces[1]. Flavia n'osait pas espérer obtenir une telle somme pour son trésor.

Ils traversèrent prudemment le Decumanus maximus. C'était la rue principale, elle menait à Rome et la circulation de chevaux et de carrioles à ânes était très dense. Il n'y avait pas de passage piétonnier comme dans d'autres villes romaines, mais Flavia et son père arrivèrent de l'autre côté sans encombre. Ils laissèrent à leur gauche le théâtre et le forum des Corporations, et durent se plaquer contre le mur d'une taverne pour éviter une charrette tirée par un mulet, qui descendait la rue en cahotant.

Près du fleuve, le brouillard se fit plus épais. Flavia et son père ne pouvaient même pas voir les toits des entrepôts de brique qui longeaient le port. Flavia frissonna et ramena sa cape de laine sur ses épaules.

Ostia possédait trois ports : une marina pour les bateaux de pêche, de plaisance et les petits navires de commerce, un grand port pour les immenses bateaux

1. Pièces d'argent. Un sesterce équivaut à peu près à une journée de salaire.

qui apportaient les céréales d'Égypte, et le port fluvial, entre les deux.

Dans ce dernier, les bateaux déchargeaient leur cargaison ou les faisaient transporter par barge jusqu'à Rome. Flavia et son père tournèrent à gauche et dépassèrent les entrepôts pour se rendre chez Aurarius.

Au-dessus de leurs têtes, des mouettes invisibles tournoyaient en poussant des cris perçants. Le ponton de bois était glissant sous leurs chaussures de cuir. Flavia entendait les craquements des coques et le tintement des haubans.

Des silhouettes inquiétantes émergèrent de la brume. Mais sur les visages terrifiants de ces hommes au nez brisé, aux oreilles en lambeaux, aux moignons mal soignés, naissait immédiatement un sourire à la vue du père de Flavia. Tous le saluaient respectueusement.

Soudain, le sang de Flavia se glaça : elle venait d'entendre le claquement d'un fouet accompagné d'un cliquetis de chaînes. Dans le brouillard, un terrible spectacle se dessinait : une rangée de femmes nues et enchaînées par le cou. La plupart devaient être égyptiennes ou syriennes, mais une ou deux avaient la peau noire des Africaines. Les cheveux rasés, elles étaient d'une maigreur effrayante. Certaines avaient des plaies ouvertes.

Elles avançaient dans un tel silence qu'on pouvait les entendre claquer des dents. Une étiquette indiquant leur prix pendait à leur cou.

Le fouet claqua une nouvelle fois, et Flavia aperçut l'homme qu'elle craignait le plus au monde : Venalicius[1], le vendeur d'esclaves. Beaucoup de rumeurs couraient à son propos. Récemment, Flavia avait entendu dire qu'il avait kidnappé une petite fille de neuf ans, nommée Sapphira, pour la vendre à un marchand syrien. C'était illégal mais, quand Venalicius s'emparait d'un enfant, il prenait immédiatement la mer. Il n'y avait ensuite plus aucun moyen de retrouver l'enfant ou de prouver la culpabilité du vendeur d'esclaves.

Venalicius était borgne : son œil aveugle, d'un blanc laiteux, ressemblait à un œuf dur. Ses dents étaient toutes cariées, de grosses touffes de poils répugnantes lui sortaient des narines et il lui manquait une oreille. D'après la rumeur, un esclave la lui avait arrachée d'un coup de dents. Venalicius avait immédiatement crucifié l'homme en question. De la plaie suintait en permanence un pus jaunâtre et écœurant. Un jour, Venalicius avait profité d'un moment d'inattention du capitaine pour souffler à l'oreille de Flavia : « Si je t'attrape, ma belle, je ferai de toi une esclave. »

Flavia frissonna de nouveau et détourna les yeux. C'est alors qu'elle remarqua, à la fin de la rangée, une jeune fille noire. Elle devait avoir sensiblement son âge. Elle ne pleurait pas, mais ses magnifiques yeux ambrés reflétaient

1. Nom romain qui signifie vendeur d'esclaves.

un profond désespoir. Ses mains pendaient sans vie le long de son corps, sans même chercher à dissimuler sa nudité. Autour de son cou, sous le collier de fer, pendait une plaque sur laquelle était inscrit « DC* ».

– Six cents, murmura Flavia.

La jeune fille disparut avec les autres esclaves dans la brume. Venalicius les emmenait en ville.

Flavia et son père marchèrent sans mot dire, tous deux choqués par cette rencontre avec Venalicius.

– Pater, que va-t-il leur arriver ? demanda soudain Flavia.

– Tu le sais, répondit calmement son père, ces femmes ne semblaient pas en très bonne santé et, à moins qu'elles ne parlent le latin, elles seront achetées pour effectuer de menues tâches : le ménage, la couture… Certaines d'entre elles deviendront peut-être cuisinières, si elles ont de la chance.

– Comme Alma ?

– Oui, comme ta nourrice.

– Pater… (Flavia prit une longue inspiration.) Pater, et la petite fille, que va-t-elle devenir ?

Le capitaine resta si longtemps silencieux que Flavia pensa qu'il ne répondrait pas. Il la guida prudemment pour éviter les poissons argentés qui se répandaient hors d'un filet jaune. Puis il commença à parler.

– Elle deviendra peut-être femme de chambre ou assistante aux cuisines. Ou alors un homme l'achètera pour en faire sa femme, ajouta-t-il doucement.

– Sa femme ! s'écria Flavia, horrifiée, mais elle a tout juste mon âge !

– Peut-être est-elle un tout petit peu plus âgée. Tu sais que les esclaves peuvent être mariées à onze ou douze ans.

Flavia ne prononça plus une parole jusqu'au magasin d'Aurarius. C'était le dernier d'une rangée de boutiques artisanales, construites contre un des plus grands entrepôts le long des quais. Des nappes de brume s'étendaient devant les magasins et en dissimulaient les toits.

Aurarius, l'orfèvre, était légèrement bossu et louchait. Il leva les yeux au-dessus de son creuset et les accueillit chaleureusement. Un gros chien de garde somnolait à ses pieds.

Il examina le contenu de la bourse de Flavia avec intérêt.

– Hmmm… Les bracelets sont jolis mais ne valent pas plus de deux ou trois sesterces. Cette boucle d'oreille est une très belle pièce. Elle est en électrum, c'est un mélange d'or et d'argent et je peux la refondre. Je t'en donne cent cinquante sesterces…

Il vida la bourse dans sa paume et écarquilla les yeux. Il lança un coup d'œil au père de Flavia et leva la boucle d'oreille presque sous son nez.

– Celle-ci, avec l'émeraude, est vraiment spéciale, dit-il, en or pur, de manufacture grecque peut-être. C'est une des plus jolies pierres que j'aie jamais vues. Dommage que tu ne possèdes pas la paire. J'aurais pu t'en donner huit ou neuf cents sesterces. Pour une seule, je t'offre quatre cents sesterces...

Il regarda sérieusement Flavia.

– Ton père m'a beaucoup aidé, je te propose six cents sesterces pour tes cinq bijoux. C'est un prix honnête. Tu n'obtiendras pas plus.

– D'accord, accepta Flavia immédiatement.

Elle tendit une main tremblante pour recevoir les six pièces d'or. C'était une somme énorme.

Le cœur de Flavia battait la chamade. Elle glissa l'argent dans sa bourse et se tourna vers son père.

– Pater, pouvons-nous aller tout de suite au forum ? Je sais ce que je veux pour mon anniversaire.

La brume se levait alors qu'ils se dirigeaient vers le centre-ville et le ciel d'un bleu tendre annonçait une belle journée. Flavia traversa à grands pas le marché au poisson, où les poissonniers vantaient la fraîcheur de leurs rougets, soles et calamars. Elle ne s'arrêta pas devant les étals des maraîchers qui mettaient en valeur les grenades, les melons et les pêches, elle dépassa les vendeurs de bijoux, de jouets, de poteries, de vêtements. Elle ne jeta même pas un coup d'œil à la boutique du marchand de livres. Elle marchait si vite que son père devait allonger le pas pour réussir à la suivre.

En entrant dans le forum, elle courait presque. Elle regarda autour d'elle avec anxiété et poussa un soupir de soulagement.

– Dieu merci, elle est encore là.

Entre un banquier et un écrivain public, dans l'ombre du temple de Rome et d'Augustus, se dressait une estrade de bois. Les esclaves qu'elle avait croisées sur les quais étaient alignées sur cette plate-forme et Venalicius se pavanait devant elles, en vantant leurs qualités d'une voix de stentor. Déjà, une foule s'amassait pour regarder, tâter, tripoter les esclaves qui étaient toujours complètement nues.

– Comment peuvent-ils les traiter ainsi ? Ce ne sont pas des animaux, murmura Flavia.

Dénouant les cordons de sa bourse, elle avança.

La main ferme de son père sur son épaule l'arrêta.

– Laisse-moi m'en occuper, prévint-il, Venalicius essaierait de te berner. Il sait reconnaître un acheteur sérieux à des lieues à la ronde. Il augmenterait son prix et pourrait même aller jusqu'à le doubler.

– Il n'a pas le droit !

– Il a tous les droits tant qu'elle n'est pas vendue, répliqua gravement le capitaine. Reste en arrière. Hors de sa vue.

Flavia tendit sa bourse à son père et recula derrière une colonne de marbre. Le capitaine Geminus se fraya un chemin à travers la foule et commença à observer les esclaves d'un air presque absent. Flavia remarqua que la jeune fille valait deux fois le prix des autres esclaves. Un frisson la parcourut.

– Tiens, tiens, le jeune capitaine Marcus Flavius Geminus ! Venez-vous en acheteur ou en simple curieux ? le toisa Venalicius.

Flavia vit le dos de son père se raidir, mais il continua de regarder calmement.

– Combien vaut celle-ci ? l'entendit-elle demander en s'arrêtant devant une jeune femme d'une vingtaine d'années aux yeux rougis.

– Trois cents sesterces ! Vous ne savez donc pas lire ? le rembarra le vendeur d'esclaves.

Un autre homme, un soldat, s'était arrêté devant la jeune esclave que Flavia voulait acheter. Flavia retint sa respiration. Le soldat ouvrit la bouche de la fille pour examiner ses dents, puis il se pencha et regarda l'étiquette accrochée à son cou. Il se redressa et observa de nouveau l'esclave qui regardait droit devant elle. Les ongles de Flavia s'enfoncèrent dans sa paume.

Brusquement, le soldat secoua la tête et partit. Flavia poussa un soupir de soulagement.

– Vite, Pater, murmura-t-elle.

Alors que le soldat s'éloignait, le capitaine montra la jeune fille et prononça lentement :

– Je prends celle-ci.

– Un instant, lâcha Venalicius avec un petit sourire narquois, je m'occupe d'un autre client.

Il renseigna avec ostentation un gros marchand vêtu d'une toge sale qui examinait une autre femme.

Venalicius fait exprès de me torturer, pensa Flavia. Oh ! je vous en supplie, Castor et Pollux, faites que je puisse l'acheter.

Après une éternité, le gros marchand se retourna pour lancer une blague à un ami. Les deux hommes partirent d'un rire gras. Enfin, Venalicius se tourna vers le capitaine.

– Oui, capitaine Geminus ?

– Je voudrais acheter cette fille, répéta le père de Flavia.

Le vendeur d'esclaves dressa son horrible visage et regarda la place du marché de son affreux œil aveugle. Flavia se plaqua contre la colonne de marbre et appuya une joue contre sa rassurante solidité.

Puis elle entendit Venalicius prononcer très clairement :

– La fille africaine coûte sept cents sesterces.

4

L'étiquette autour du cou de la jeune fille annonçait six cents sesterces et maintenant Venalicius en demandait sept cents. Flavia eut envie de hurler que c'était injuste. Mais elle se mordit la lèvre et ravala sa rage. Les larmes lui brouillaient la vue. Elle avait été si près de sauver la jeune fille. Si près d'avoir enfin une amie de son âge. Si près de…

– Très bien, entendit-elle son père répondre d'une voix tout à fait naturelle. Voilà.

Flavia n'osait pas regarder. Elle avait peur de rompre le miracle. Elle ferma les paupières aussi fort qu'elle put et retint sa respiration.

Une minute plus tard, elle entendit le marchand d'esclaves lancer d'une voix moqueuse :

– J'espère que vous en ferez bon usage, capitaine.

Flavia ouvrit les yeux. À travers la foule, son père revenait vers elle, accompagné de la jeune fille. Flavia courut à leur rencontre.

– Pater, je n'avais que six cents sesterces dans ma bourse.

– J'ai payé de ma poche ce qui manquait.

– Mais, Pater, c'est beaucoup d'argent !

– Tu oublies qu'aujourd'hui n'est pas un jour comme les autres. Bon anniversaire, ma chérie.

Flavia enlaça son père et le serra contre elle. Elle aurait aimé prendre également la jeune fille dans ses bras et lui dire que maintenant tout irait bien pour elle, mais le regard vide de l'esclave la coupa dans son élan. Elle se contenta d'ôter sa cape de laine et d'en recouvrir la nudité de la jeune fille.

Puis ils l'emmenèrent chez eux.

Plus tard dans la matinée, Flavia fit une importante découverte : la jeune esclave ne parlait pas un mot de latin et ne connaissait que très peu de grec.

Elle était restée silencieuse pendant tout le trajet. Elle n'avait pas plus parlé pendant que Flavia baignait les plaies de son cou avec une éponge naturelle et lui appliquait un baume apaisant à l'aloès donné par Mordecaï. Mais, quand Flavia l'avait emmenée dans sa chambre pour la vêtir d'une jolie tunique jaune, la jeune fille avait timidement levé les yeux vers sa nouvelle maîtresse et avait récité d'une voix hésitante :

– Bonjour. Je m'appelle Nubia. Que puis-je faire pour vous ?

– Bonjour, Nubia. Je m'appelle Flavia Gemina, je suis la fille du capitaine Marcus Flavius Geminus.

Nubia lui jeta un regard d'incompréhension et répéta :

– Bonjour. Je m'appelle Nubia. Que puis-je faire pour vous ?

Flavia se rendit compte que la jeune fille ne comprenait pas.

– Flavia, dit lentement Flavia en posant un doigt sur sa propre poitrine, je m'appelle Flavia.

– Flavia, bredouilla Nubia.

– Bien. Est-ce que tu as faim, Nubia ?

Nubia ne répondit pas. Flavia ouvrit la bouche et en montra l'intérieur. L'esclave recula, horrifiée.

Flavia fit semblant de mâcher.

Une étincelle apparut dans les yeux de Nubia et elle acquiesça.

– Alors suis-moi dans la cuisine, allons jeter un œil à ce qu'Alma nous prépare.

Flavia voulut prendre la main de Nubia mais celle-ci fit un pas en arrière, effrayée.

Flavia se rappela que, lorsqu'on lui avait donné Scuto, il sursautait à chaque mouvement brusque. Son père lui avait expliqué que c'était sans doute parce qu'il avait été battu.

– N'aie pas peur, viens avec moi, dit Flavia en se dirigeant doucement vers la porte de la chambre.

Nubia la suivit à petits pas dans l'escalier. Elles traversèrent le jardin ensoleillé et entrèrent dans la cuisine.

Alma était l'ancienne nourrice de Flavia. Elle avait récemment pris les fonctions de cuisinière. L'ancien cuisinier, Gusto, était mort en allant acheter des poireaux au forum. Un âne lui avait donné un coup de sabot dans la tête.

Alma s'était révélée une excellente cuisinière et son embonpoint prenait chaque jour un peu plus d'ampleur, car elle tenait à goûter chacune de ses recettes.

Elle était justement penchée au-dessus des cendres rougeoyantes de l'âtre, une cuillère prête à plonger dans une casserole fumante. Flavia la salua et lui présenta Nubia.

– Alma, voici Nubia. Nubia, voici Alma. Elle était ma nourrice.

– Bienvenue, Nubia, dit la cuisinière en souriant.

Elle aurait normalement pris dans ses bras une créature qui semblait si triste et lui aurait donné une chaleureuse accolade, mais elle avait été prévenue qu'il fallait traiter la jeune esclave avec beaucoup de douceur. Même Scuto avait été enfermé dans la réserve pour quelque temps.

– J'étais justement en train de préparer ton repas d'anniversaire, dit Alma. Je n'ai pas le temps de m'arrêter pour discuter. Mais j'ai mis de côté des fruits et du pain. Vous pouvez aller les manger dans le jardin.

Elle tendit un plateau à Flavia.

Nubia montra une datte et dit en grec « datte ».

– Bravo, s'enthousiasma Flavia, c'est le mot grec pour datte. Tu parles le grec ? Tu veux une datte ?

Et elle ajouta en grec :

– Prends-en une.

Nubia lui jeta un regard surpris. Lentement, elle tendit la main et prit le fruit. Elle le mâcha en fermant les yeux. Une expression de plaisir passa sur son visage.

– Prends-en une autre.

Flavia ne parlait pas très bien le grec. Elle n'avait commencé à l'étudier que deux ans plus tôt. Elle regrettait maintenant de ne pas avoir plus travaillé.

– Prends plus dattes, essaya-t-elle encore.

Nubia comprit et se servit solennellement une autre datte.

– Allons… jardin, proposa Flavia après avoir retrouvé le mot grec pour « jardin ».

Elle emmena Nubia à sa place favorite, sur le banc, près de la fontaine.

Nubia observa avec étonnement l'eau qui jaillissait du tuyau de cuivre au centre du bassin de marbre. Elle enfonça lentement son doigt à l'intérieur et le retira brusquement comme si elle s'était brûlée.

– Eau, dit-elle en grec, et elle ajouta : je bois ?

– Oui, oui, tu peux boire, s'écria Flavia ravie en se penchant vers la fontaine pour lui donner l'exemple.

Nubia but à son tour de longues gorgées, puis se tourna de nouveau vers le plateau. Assises sur le banc de marbre, les deux jeunes filles nommèrent les aliments un par un : pain, datte, pêche, raisin, pomme. Puis Nubia commença à manger avec ardeur. Elle prit deux tranches de pain, une grappe de raisin, la moitié d'une pomme et une pêche. Finalement, elle vida entièrement le plateau.

– Tu aimes les dattes ? lui demanda Flavia.

– Oui, Nubia aime, répondit la jeune fille, la bouche pleine.

– Tu devrais arrêter. C'est assez, dit Flavia en grec. Elle ajouta en latin : c'est mon anniversaire aujourd'hui et j'ai invité des amis pour le repas. Ils arriveront dans quelques heures. Il y aura beaucoup de très bonne nourriture. Jonathan, mon voisin, va venir avec son père Mordecaï et sa sœur Miriam. Mon père sera là, bien sûr. Tu seras présente, toi aussi, alors ne mange pas trop.

Nubia regarda gravement Flavia.

– D'autre nourriture plus tard. Bonne, répéta Flavia en grec dans un soupir en regrettant une nouvelle fois de n'avoir pas été plus attentive pendant les cours de son tuteur Aristo.

Flavia avait décidé que sa fête d'anniversaire serait une réussite. Elle avait projeté d'installer Nubia près de Miriam, qui paraissait si douce et si gentille. Elle comptait s'allonger elle-même près de Jonathan et pensait que son père et Mordecaï partageraient la troisième banquette.

– Non, répondit fermement son père, je ne pense pas que cela soit une bonne idée.

– Pourquoi, Pater ?

– D'abord, tu es trop jeune pour manger allongée…

Flavia commença à protester mais le capitaine leva la main en souriant.

– Si nous avions été seulement en famille, je t'aurais laissée faire. Mais ce n'est pas le cas. De plus, tu m'as dit que nos voisins étaient des étrangers. De Judée, c'est bien cela ?

Flavia acquiesça.

– J'ai peur qu'ils ne soient pas habitués à cette coutume de manger allongé. Qu'en penses-tu, ma petite chouette ?

Il lui passa tendrement la main dans les cheveux.

– Oui, Pater, soupira Flavia.

– Et puis, continua le capitaine, tu sais que si un maître permet à son esclave de manger allongé, c'est une manière de lui donner sa liberté ?

Flavia secoua la tête affirmativement.

– Attends que Nubia ait appris suffisamment de mots latins pour retrouver son chemin seule dans Ostia avant de l'affranchir[1], ajouta-t-il en souriant.

Flavia modifia donc ses projets et la disposition de ses invités.

Ils s'assirent tous les six autour d'une grande table ovale que Caudex et le père de Flavia avaient prise dans l'atrium. Flavia plaça Nubia près de Miriam et fut heureuse de voir

1. Un esclave affranchi est un esclave à qui son maître a rendu sa liberté.

la sœur de Jonathan sourire chaleureusement à la jeune esclave.

Dès que les invités furent assis, Flavia leur offrit des couronnes de lierre et de violettes qu'elle avait confectionnées elle-même. Mordecaï posa la couronne sur son turban blanc sans tenir compte des rires qu'il déclencha chez Jonathan et Flavia.

Le capitaine Geminus versa le vin, additionné d'eau pour les enfants, et tout le monde leva son verre à la santé de Flavia. Nubia fronça le nez en goûtant sa première gorgée de vin, mais retrempa très vite ses lèvres dans le breuvage.

Puis un silence gêné s'installa. Le docteur, vêtu d'un caftan[1] de soie verte, se tenait très droit sur sa chaise et le père de Flavia arrangeait les plis de sa toge. Flavia jeta un regard anxieux vers la cuisine, se demandant ce qui pouvait retenir Alma. Jonathan se mit à siffloter et adressa un clin d'œil à son amie.

Alma arriva enfin, portant fièrement le premier plat qu'elle posa au milieu de la table : des bigorneaux frits à l'huile d'olive et assaisonnés d'ail et de poivre. Après cuisson, les bigorneaux avaient été replacés dans leur coquille et Alma tendit à chacun une cuillère recourbée qui permettait d'extraire l'animal.

1. Vêtement oriental ample et long.

– Sommes-nous autorisés à manger cela, Père ? murmura Jonathan en jetant un regard consterné au contenu de son assiette.

– Dieu n'a rien créé par hasard, répondit son père en prenant poliment un bigorneau.

Flavia montra à Jonathan comment utiliser la cuillère et le regarda observer le bigorneau caoutchouteux, brun et tout recroquevillé qu'il avait délicatement saisi entre le pouce et l'index. Jonathan ferma les yeux et porta l'animal à sa bouche.

Il mâcha.

Ouvrit les yeux.

Et sourit.

Il s'était manifestement régalé et il vida rapidement son assiette.

Sous le regard sévère de son père, Miriam prit à son tour son courage à deux mains.

Nubia, qui imitait chacun des gestes de Flavia, finit entièrement son assiette.

Jonathan s'essuya les mains sur sa tunique déjà tachée de sauce à l'ail. Puis il vida son verre de vin en claquant les lèvres contre le bord de sa coupe. Nubia, qui l'avait attentivement observé, essuya à son tour ses mains sur sa tunique et vida son verre d'un trait.

Flavia sourit.

– Pour la suite du repas, Alma a préparé des loirs farcis à la mamelle de truie, annonça-t-elle.

Mordecaï et son fils se glacèrent, terrifiés.

– Flavia..., prévint le capitaine.

– C'était juste une blague! rit Flavia, mon plat préféré est le poulet rôti.

Après cet intermède, chaque convive se détendit, rit et mangea du poulet rôti en racontant des anecdotes sur les pires aliments qu'il avait été amené à manger.

Mordecaï avait un jour trouvé un œil de chèvre dans son assiette, lors d'un dîner avec un vendeur de chameaux en Judée. Le père de Flavia avait englouti une soupe de poisson dans le port de Massilia avant de découvrir une tête de poisson pourrie au fond de son bol. Pas plus tard que la semaine précédente, Miriam avait gravement offensé son hôte en refusant de manger trois cailles rôties, dont les minuscules têtes carbonisées pendaient tristement. Et Flavia jura qu'elle connaissait un boulanger qui mélangeait de la craie et du sable à sa farine pour réaliser des économies.

Mais l'expérience de Jonathan était de loin la pire. Un jour, en mâchant un morceau de tourte à la viande acheté à un marchand dans une rue de Rome, il avait senti sous sa langue quelque chose de dur et fibreux. Il l'avait extirpé de sa bouche pour le regarder de plus près et avait découvert avec horreur qu'il s'agissait d'un doigt humain.

Tout le monde lança des cris écœurés et repoussa son assiette.

Ils avaient heureusement terminé le plat principal. Le capitaine emplissait de nouveau les coupes de vin au moment où Alma entra avec le dessert : des dattes accompagnées de tranches de pastèque sucrées.

Jonathan, qui commençait à être un peu éméché, se colla deux dattes sur les yeux et une tranche de pastèque sur la bouche.

Flavia éclata de rire et Nubia esquissa son premier sourire.

Encouragé par un tel succès, Jonathan se coinça sous le nez un bigorneau oublié. Flavia était hilare. Nubia rit et Miriam leva les yeux au ciel. Mordecaï se racla la gorge.

– Si vous le permettez, je crois qu'il est temps que nous prenions congé, dit-il en jetant un regard soutenu à son fils.

« Mais tout d'abord, joyeux anniversaire, Flavia. Voici un présent de notre part à tous.

Il prit sous sa chaise un gros cylindre de cuir, noué d'un ruban rouge.

Flavia sut tout de suite de quoi il s'agissait. Les doigts tremblants d'excitation, elle dénoua le ruban et découvrit les rouleaux.

– Ils ne sont pas neufs, précisa Mordecaï. Pour dire la vérité, je les possédais en deux exemplaires et j'ai pensé que je pourrais me passer de celui-là.

Flavia écarquilla les yeux en déroulant le papyrus. L'*Énéide* !

– C'est le cadeau que je désirais le plus au monde, s'exclama-t-elle. Les illustrations sont magnifiques.

Chacun rapprocha sa chaise et tous se groupèrent autour de Flavia pour regarder le rouleau et admirer les dessins.

– Flavia, lui rappela son père, tu n'as pas oublié de dire quelque chose ?

– Oh, merci docteur Mordecaï, merci Jonathan, merci Miriam. C'est si généreux de votre part. Merci.

Puis elle s'écria :

– Regarde, Nubia, je vais t'aider à apprendre le latin en te lisant cette histoire.

Mais Nubia n'était pas là. Elle avait disparu.

5

– Oh, je savais que ce serait trop pour elle ! s'écria Flavia. Elle n'est descendue du bateau d'esclaves que ce matin.

– Ne t'inquiète pas, la rassura Mordecaï, peut-être que la nourriture était trop riche pour elle. Elle est sans doute aux latrines.

Mais quand Flavia revint des latrines en annonçant qu'elle n'y avait pas trouvé Nubia, ils commencèrent à s'inquiéter et décidèrent de la chercher dans la maison.

Mordecaï et le père de Flavia, qui n'avaient pas enlevé leurs couronnes d'anniversaire, regardèrent au rez-de-chaussée, pendant que Jonathan, Miriam et Flavia jetaient un œil dans les chambres à l'étage.

Caudex, le gardien, qui somnolait dans l'atrium, jura qu'il n'avait vu sortir personne. Alma lavait les assiettes dans la cuisine et n'avait pas quitté la porte du jardin des yeux. Si Nubia était passée par là, elle l'aurait vue.

Après avoir parcouru toute la maison, ils se retrouvèrent dans l'atrium, près du lieu de prière.

– Avant que nous ne commencions nos recherches à l'extérieur, dit gravement le père de Flavia en ôtant sa couronne, je voudrais être sûr que nous avons bien regardé dans toutes les pièces.

– Oui, répondirent les enfants.

– Oui, renchérit Mordecaï.

– Non, prononça lentement Caudex en se grattant l'avant-bras.

Tous les visages se tournèrent vers le gros esclave.

– Scuto est toujours enfermé dans la réserve, marmonna-t-il. Au début, il gémissait et grattait à la porte, mais…

– Mais quoi ? s'exclamèrent-ils en chœur.

– Il est soudain devenu très calme.

Ils se précipitèrent tous vers la réserve et le capitaine Geminus ouvrit la porte avec précaution. Le soleil avait commencé à se coucher et dans la réserve, qui n'avait pas de fenêtre, régnait une profonde obscurité. Ils distinguaient tout juste les jarres remplies de vin et de grain, à moitié enterrées dans le sol sableux pour les maintenir au frais.

– Je crois que je le vois, murmura le père de Flavia, apportez une lampe.

Alma lui tendit une lampe à huile en argile et le capitaine pénétra dans la réserve.

– Par la barbe de Neptune, s'exclama-t-il sans hausser la voix.

Dans le halo de lumière dorée, ils virent Nubia et Scuto, enlacés et endormis à même le sol. Le visage noir de la jeune fille reposait sur le flanc laineux et sombre de l'animal. Elle lui avait posé sa couronne de fleurs sur la tête. Scuto ouvrit un œil et leva sa grosse tête, la couronne glissa sur son oreille. Il jeta un regard endormi à tous ces visages fixés sur lui, poussa un profond soupir et s'assoupit de nouveau.

Quelques jours plus tard, par un après-midi ensoleillé, Flavia et ses nouveaux amis se rendirent sur le port pour accompagner le capitaine Geminus jusqu'à son bateau.

Le docteur Mordecaï et le père de Flavia marchaient en tête.

Quel étrange assortiment, pensa Flavia, en les regardant bavarder. Son très romain de père, cheveux courts, vêtu d'une tunique et d'une cape bleues, et le docteur barbu, coiffé de son turban et portant une longue robe.

Mais une passion commune les rapprochait : le voyage. Mordecaï avait vécu à Babylone et Jérusalem, deux villes où Marcus Flavius n'avait jamais mis les pieds. En revanche, le capitaine avait traversé de nombreux pays que Mordecaï ne connaissait que par ses lectures.

Flavia était contente de les voir s'entendre si bien car, en très peu de temps, Jonathan et elle étaient devenus de grands amis.

Jonathan était venu chaque matin chez Flavia pour l'aider à enseigner le latin à Nubia. Ils lui avaient lu l'*Énéide*, s'arrêtant souvent pour lui expliquer tel ou tel mot et même lui mimer certaines scènes. Jonathan était très drôle et les deux filles riaient beaucoup. Flavia pensait que rire ne pouvait faire que du bien à la jeune esclave.

Alors qu'ils se dirigeaient vers le Tibre, Nubia marchait entre Flavia et Jonathan, la main posée sur l'encolure de Scuto. Depuis l'anniversaire, la jeune fille et le chien étaient devenus inséparables. Nubia avait même refusé de dormir dans le nouveau lit que Flavia et son père lui avaient installé dans la chambre de Flavia. Elle préférait passer la nuit enlacée à Scuto dans le jardin, à la belle étoile.

Titus Cordius Atticus marchait à leurs côtés. Il avait loué le bateau du capitaine Geminus pour un voyage de deux semaines vers la Grèce. Il avait l'intention de faire escale dans la ville de Corinthe pour acheter des poteries, du parfum et des bronzes.

Cordius était un très riche marchand qui vivait dans une des plus grandes et des plus luxueuses villas d'Ostia. Il possédait également une maison à Rome et un domaine en Sicile. Mais, malgré sa richesse, il semblait toujours triste.

Le capitaine Geminus avait un jour expliqué à sa fille la raison de cette morosité permanente. Pendant que Cordius était officier en Germanie, toute sa famille avait été massacrée par des barbares. Sa femme, ses trois jeunes garçons et sa fille qui n'était encore qu'un bébé étaient maintenant dans l'autre monde et il n'avait plus personne à qui léguer sa fortune.

– Cordius n'a pas besoin de travailler, avait ajouté le père de Flavia, mais depuis qu'il a perdu sa famille, il éprouve une espèce de frénésie, il n'est jamais en paix. Je pense qu'il voyage beaucoup pour s'éloigner de ses grandes maisons vides. Toutes les richesses du monde ne peuvent remplacer une famille.

Le capitaine avait serré tendrement sa fille contre lui.

Pourtant, depuis quelque temps, Cordius semblait moins triste. Parfois même, son visage sans expression se détendait, et il parvenait presque à sourire. Flavia savait pourquoi mais elle avait juré le secret : Cordius envisageait d'adopter son jeune esclave affranchi, Libertus. Elle avait entendu le riche marchand en discuter avec son père.

– Tu ne dois pas en dire un mot, l'avait prévenu son père. Cordius n'est pas encore très sûr de lui et Libertus lui-même n'est pas au courant.

Libertus avait été esclave dans la maison de Cordius, mais il s'était montré si habile, si intelligent et si plein de promesses que Cordius lui avait rendu sa liberté. Aujourd'hui affranchi, il vivait dans la maison de son patron et travaillait pour lui, mais désormais contre salaire.

Flavia pensait que Libertus ferait un excellent mari. Il avait les cheveux noirs et raides, la peau claire et les yeux bleu foncé ; il était jeune, intelligent et dégageait beaucoup de charme. De plus, si Cordius l'adoptait, il deviendrait extrêmement riche.

C'est pourquoi Flavia était ravie de voir Libertus marcher près de Miriam. Ils formaient un couple magnifique ! Peut-être Libertus compare-t-il les yeux de Miriam à des améthystes et sa peau à de l'albâtre, pensa-t-elle rêveusement en les regardant parler. Puis elle entendit le jeune homme évoquer l'esclavage en Judée et poussa un soupir de déception. Libertus n'avait manifestement pas de vues sur Miriam.

Ils avaient dépassé les entrepôts et s'approchaient des quais. Flavia respira profondément l'air iodé. Des mouettes et des martinets volaient haut dans le ciel puis descendaient en piqué vers le fleuve. Des marins et des dockers roulaient des tonneaux et des jarres remplies de vin, des esclaves chargeaient des caisses sur des chariots. Des soldats déambulaient lentement. C'était l'heure la plus calme de la journée.

Pour Flavia, le port était un lieu à la fois magique et triste. Magique car chaque nouveau bateau était la promesse d'une nouvelle aventure et triste parce que son père partait très souvent.

En voyant le petit bateau de son père, le *Myrtilla*, Flavia ressentit un pincement au cœur. Myrtilla était le nom de sa mère, morte alors que Flavia n'avait pas trois ans, en accouchant de jumeaux qui n'avaient pas non plus survécu.

Flavia s'était alors retrouvée seule avec son père et Alma, sa nourrice.

Ils s'approchaient du *Myrtilla* quand les trois frères phéniciens, membres de l'équipage, les accueillirent par de chaleureuses clameurs. Quartus, Quintus et Sextus, postés à différents endroits du navire, étaient plutôt bien bâtis. Le quatrième marin était éthiopien et se nommait Ebenus. Son visage luisant et souriant apparut derrière le bastingage quand il entendit les cris.

Le capitaine et Cordius le marchand avaient déjà monté leurs malles à bord. Ils s'étaient rendus, tôt dans la matinée, au temple de Castor et Pollux afin de faire une offrande pour bénéficier d'un voyage agréable et favorable à leurs affaires. Le vent était parfait et il était maintenant temps de partir.

Le capitaine Geminus fixa la passerelle d'embarquement et monta à bord pour les ultimes vérifications. Cordius donnait ses dernières instructions à Libertus. Flavia fut déçue de voir le beau jeune homme s'éloigner presque aussitôt. Elle remarqua que Miriam le suivit des yeux jusqu'à ce qu'il eût disparu au détour des entrepôts.

Soudain, Flavia s'aperçut que Nubia tremblait comme une feuille. Manifestement, les docks la bouleversaient. La jeune esclave se collait contre Scuto pour se rassurer et les affectueuses embrassades du chien la calmèrent.

Peu de temps après, le capitaine Geminus redescendit du bateau et serra Flavia contre lui.

– Je dois partir, annonça-t-il en souriant avant d'ajouter avec gravité : tu sais, je suis un peu inquiet pour toi depuis que tu as eu cet accident à cause des chiens. Ton tuteur ne sera pas là pour veiller sur toi ce mois-ci et Caudex est terriblement lent. Je ne suis pas sûr qu'Alma saura te protéger contre une meute de chiens sauvages ou même des enleveurs d'enfants…

– Ne t'inquiète pas, Pater, je ne suis pas toute seule. Le docteur Mordecaï habite juste à côté de chez nous et Jonathan et Nubia me tiendront compagnie. Et puis il y a Scuto.

– Oui, notre féroce chien de garde.

Ils regardèrent Scuto, qui léchait avec application le visage de Nubia. En souriant, le capitaine hocha la tête.

– Si j'apprends que tu as couru un quelconque danger pendant mon absence, je t'enverrai chez mon frère lors de mon prochain voyage.

– Ne t'inquiète pas, Pater. Jonathan et moi passerons nos journées assis sagement dans le jardin, à lire l'*Énéide* chacun notre tour à Nubia. Nous lui apprenons le latin.

Flavia entoura l'épaule de Nubia d'un bras protecteur.

– Bon, très bien…

Le capitaine embrassa rapidement sa fille sur le front et dit au revoir à tout le monde. Puis, accompagné de Cordius, il monta à bord.

L'équipage dégagea le bateau de son poste d'amarrage à la rame et lui fit descendre le fleuve. Le courant entraînait le *Myrtilla* vers l'embouchure du Tibre, le capitaine Geminus à la barre.

Habituellement, Flavia restait jusqu'à ce que le bateau ait disparu, mais Nubia avait recommencé à trembler et elle décida donc de rentrer au plus vite. Son père était très concentré mais, avant de s'éloigner, Flavia le vit se retourner vers elle pour lui adresser un dernier signe.

L'après-midi n'était pas encore très avancé quand ils atteignirent la rue de la Fontaine-Verte. C'était une des rares rues calmes de la ville. À cette heure torride de la journée, elle était presque déserte. Seul Libertus se tenait près de la fontaine au milieu de la place. Ils lui firent signe en passant et Flavia entrevit Miriam lui adresser un sourire timide.

Nubia avait cessé de trembler dès qu'ils eurent quitté les docks. Maintenant Jonathan marchait près d'elle et lui désignait des objets en lui donnant leur nom latin.

– Porte.

– Porte, répéta Nubia.

– Lion.

Il indiquait un heurtoir de porte.

– Lion.

– Pierre.

– Pierre.

– Fontaine.

– Fontaine. Eau ?

– Oui, très bien, eau, l'encouragea Jonathan. Rue.

– Rue.

– Attention, ne marche pas là-dedans !

– Attention… ?

– Regarde, on dirait des crottes de chien mais certaines personnes vident leur pot de chambre à cet endroit. Nous ferions mieux de marcher sur le trottoir.

Nubia fixa Jonathan.

– Trottoir, répéta-t-il.

– Trottoir.

– Tiens, qu'est-ce que c'est que ça ? Du sang ?

– Sang, acquiesça Nubia en montrant la traînée sombre qui menait jusqu'à la porte de la maison de Jonathan.

6

Rouge vif. Les taches de sang étaient de la taille d'une pièce de monnaie. Flavia voulut en toucher une du doigt mais Jonathan se rua jusqu'à la porte.

– Père, la porte est ouverte, cria-t-il.

– N'entre pas, le prévint Mordecaï, des voleurs sont peut-être dans la maison.

Jonathan avait disparu à l'intérieur. Mordecaï et Miriam s'élancèrent à sa suite.

Ils arrivaient à la porte quand Jonathan réapparut, le visage blanc comme un linge. Il les regarda tous en silence, puis se tordit en deux et vomit sur la rue.

– Ne bougez pas d'ici, ordonna Mordecaï.

Miriam était déjà passée devant lui. Son cri brisa le silence de l'après-midi.

– Il est mort, l'entendirent-ils sangloter.

Mordecaï courut dans la maison. Flavia, Nubia et Scuto voulurent le suivre mais le bras de Jonathan – étonnamment puissant – les retint.

– C'est Bobas, notre chien de garde, dit-il calmement. Ce n'est pas la peine que vous le voyiez. Quelqu'un l'a décapité et a emporté sa tête.

Une heure plus tard, Flavia était assise dans son jardin avec Nubia et Jonathan. Les filles essayaient de consoler leur ami. Miriam, bouleversée par la vue du sang, avait été envoyée par son père chez des cousins.

Jonathan et Flavia avaient réussi à expliquer à Nubia ce qui était arrivé à Bobas. Le bras passé autour du cou de Scuto, la jeune esclave semblait déterminée à protéger le chien coûte que coûte.

– Qui d'autre était dans la maison ? demanda Flavia.

– La maison était vide, répondit Jonathan d'un ton lugubre.

– Et les esclaves ?

– Nous n'en avons pas. Mon père pense qu'un être humain n'a pas le droit d'en réduire un autre à l'esclavage.

– Tu m'as bien dit que ta mère était morte quand tu étais petit ? N'avez-vous pas une nourrice ou une cuisinière ?

– Non, nous ne vivons que tous les trois ensemble.

– Qui nettoie votre maison ? s'étonna Flavia.

– Moi, répliqua Jonathan presque fièrement. Et je m'occupe aussi du jardin. Miriam fait les courses et un peu de cuisine. Bobas était notre gardien et notre protecteur…

Il se mordit la lèvre.

Flavia reprit rapidement :

– Est-ce que quelque chose a été volé ?

– Non. Après avoir enterré le corps de Bobas dans le jardin, nous avons tout vérifié. Rien ne manque. Mais j'ai trouvé… ceci. Dans l'atrium, près du corps de Bobas…

Il montra un petit cube de quartz, orné de ronds noirs gravés sur chaque face. Nubia le prit et l'observa, perplexe.

– Qu'est-ce que c'est ? demanda-t-elle.

– C'est un dé, expliqua Flavia. En général, pour jouer, il en faut deux.

Elle mima le geste de jeter les dés et dit en grec :

– On joue de l'argent.

– Ce n'est pas à nous, lâcha Jonathan. Mon père se fâcherait s'il nous voyait, moi ou ma sœur, jouer de l'argent.

– Garde-le précieusement, lui conseilla Flavia en lui rendant le dé. C'est peut-être un indice.

Elle leva pensivement la tête vers le figuier.

– Si rien n'a été volé, pourquoi ont-ils tué Bobas ?

– Eh bien…

Jonathan s'arrêta. Il arracha une brindille d'un buisson et gratta le sol avec, négligemment.

– Pourquoi ? Explique, insista Flavia.

Elle pensait à Bobas, à ses doux yeux bruns et à sa gentillesse.

– Tu… Tu sais que nous ne sommes pas comme vous. Notre religion est différente.

– Oui. Vous êtes juifs.

Jonathan acquiesça.

– Là où nous vivions avant, personne ne nous aimait. C'est pour cela que nous nous sommes installés ici, aux limites de la ville. Là où personne ne saurait qui nous sommes, où personne ne nous embêterait. Nos anciens voisins écrivaient sur les murs de notre maison et un jour, ils ont lancé des œufs pourris sur mon père.

– Tu penses que ce sont eux qui ont tué Bobas ?

Jonathan haussa les épaules.

– Peut-être…

Il ne semblait pas avoir très envie de poursuivre la conversation sur ce sujet.

– Pourquoi êtes-vous autant détestés ? demanda Flavia. Il y a beaucoup de juifs à Ostia. J'ai vu leur temple près des docks.

– Synagogue, corrigea Jonathan sans cesser de gratter la terre avec sa brindille.

Manifestement, il était mal à l'aise.

– Eh bien, moi, j'ai l'intention de retrouver les coupables, affirma Flavia. La personne qui a commis ce crime doit être arrêtée.

Nubia avait écouté la discussion attentivement. Elle surprit ses amis en déclarant à son tour :

– Méchants hommes. Tuer chien. Trouver eux !

Ses yeux d'ambre envoyaient des éclairs et elle tenait le cou de Scuto si serré qu'il gémit en faisant les gros yeux.

Flavia regarda Nubia puis se tourna vers Jonathan.

– Veux-tu retrouver celui qui a tué ton chien ? lui demanda-t-elle.

Il leva les yeux vers elle. Ses pupilles flamboyaient autant que celles de Nubia.

– Oui.

– Alors, c'est d'accord, conclut calmement Flavia. Nous allons résoudre ce mystère et ensemble, nous trouverons le coupable.

Flavia leur proposa de commencer l'enquête en interrogeant d'éventuels témoins.

Une tablette de cire à la main, flanquée de Jonathan et de Nubia, elle entra dans la cuisine. Alma leur assura n'avoir rien entendu de suspect pendant leur absence, mais elle ajouta que Bobas aboyait tellement souvent qu'elle n'y faisait plus attention.

Ils allèrent ensuite poser des questions à Caudex. Ils le trouvèrent dans le jardin, à tailler les rosiers. Il avoua qu'il avait dormi pendant une bonne partie de l'après-midi.

– J'ai fait une petite sieste dans ma chambre, comme d'habitude après manger, confessa-t-il avec hésitation. J'aurais entendu si quelqu'un avait frappé à la porte.

Le dernier témoin possible était Libertus.

Le jeune affranchi partait quand ils arrivèrent chez lui, il se rendait aux thermes*.

– Vers midi ? demanda-t-il, alors qu'ils réglaient leur pas sur le sien. Oui, maintenant que vous m'en parlez, je me rappelle avoir vu quelqu'un. C'était juste avant que vous ne reveniez du port. Je buvais à la fontaine et un homme est passé en courant. Il semblait très effrayé. Je me souviens qu'il portait un sac de cuir. Je ne sais pas pourquoi, ça m'a fait penser à l'histoire de Persée qui porte la tête de Medusa.

– C'est quoi, Persée ? chuchota Nubia à Flavia.

– Persée était un héros. Il a combattu et tué un monstre nommé Medusa en lui coupant la tête, répondit Flavia en accompagnant d'un geste ses paroles, après, il a mis la tête dans un sac…

Flavia mima également cette phrase et ajouta en grec :

– Dans une légende, la tête d'un monstre dans un sac.

Nubia comprit.

– Persée a tué le monstre.

– Exactement.

Flavia se retourna vers Libertus.

– Aujourd'hui, lui expliqua-t-elle gravement, quelqu'un a tué le chien de Jonathan et lui a coupé la tête. On n'a pas retrouvé la tête.

– Par Hercule, s'exclama Libertus en s'arrêtant net, c'est exactement l'impression que j'ai eue ! Une tête dans un sac.

– Et cet homme ? À quoi ressemblait-il ? demanda Jonathan.

Libertus haussa les épaules et reprit sa marche.

– Il était vraiment banal. Bien rasé, de taille moyenne, une tunique claire, une courte cape noire, je ne me rappelle rien d'autre.

Ils arrivaient près du centre-ville et les rues étaient de plus en plus bondées. Ils durent reculer pour laisser passer un homme qui poussait une charrette à bras pleine de melons.

– Je dois vraiment y aller maintenant, dit Libertus, j'ai un rendez-vous important aux thermes.

– Une dernière question, le retint Flavia. Te rappelles-tu de quel côté l'homme est parti ? Se dirigeait-il vers le port, vers le cimetière ou vers le forum ?

Libertus fronça les sourcils et prit un air concentré.

– Oui, je crois... j'ai d'ailleurs trouvé ça curieux. Il courait vers le cimetière.

C'était l'heure la plus chaude de la journée. Cachées dans les hautes herbes de Necropolis, les cigales chantaient. Flavia, Jonathan et Nubia – Scuto en tête – avançaient prudemment le long d'un chemin poussiéreux bordé de cyprès et de tombes.

La maison de Flavia et celle de Jonathan donnaient directement sur le cimetière. Ils avaient malgré tout choisi d'y entrer par la porte principale, afin de suivre le même chemin que le mystérieux homme. Cette allée n'était pas entretenue et les tombes de chaque côté étaient couvertes de mauvaises herbes.

Ici et là s'amoncelaient les vieilleries, bonnes à jeter, que les Romains avaient l'habitude de déposer devant leur portail : des éclats de poterie, des vieilles sandales, des meubles cassés et des vêtements usés.

Flavia jeta un regard inquiet autour d'elle :

– Je me demande où sont les chiens qui m'ont attaquée l'autre jour, je n'ai aucune envie de les croiser de nouveau.

– Je me suis promené des tas de fois dans le cimetière et je ne les avais jamais vus avant, affirma Jonathan. C'est un risque à prendre. Et puis, les indices seront plus faciles à trouver si la piste est fraîche.

Tout en marchant, ils regardaient à droite, à gauche et également par terre, à la recherche d'éventuelles traces de sang. Scuto, qui avait commencé par musarder de tous cotés, marchait maintenant au milieu du chemin, la queue basse, la langue pendante. Il avait chaud et soif. Il s'arrêta brusquement, tourna la tête à gauche et remua la queue.

– Il a senti quelque chose, dit Jonathan.

Scuto, sans cesser de remuer la queue, les conduisit à travers les sépultures jusqu'à une petite clairière entre les pins et les cyprès. Près d'une tombe miniature, éclairée d'un rayon de soleil, un homme aux cheveux noirs, vêtu d'une tunique jaune pâle, était assis en tailleur. Il leur tournait le dos, ses épaules tremblaient et les enfants l'entendaient sangloter.

À leur approche, l'homme se retourna. Son visage était rouge d'avoir tant pleuré et sa bouche grimaçait comme celle des masques de tragédie. Ses épais sourcils bruns se rejoignaient au-dessus de son nez. Flavia n'avait jamais vu une personne aussi triste.

Mais sa tristesse se transforma en rage dès qu'il prit conscience de la présence des enfants. Il se dressa d'un bond et, montrant Scuto du doigt, se mit à hurler :

– Éloignez cet animal de ma vue. Éloignez-le ou je le tue. Je déteste les chiens, je les déteste tous !

7

L'homme s'essuya le nez du revers de la main puis se pencha. Il saisit une pomme de pin et la jeta avec violence sur Scuto. Il le rata et recommença à sangloter.

– Allez-vous-en !

Il cherchait autour de lui d'autres projectiles, mais les trois enfants avaient déjà tourné les talons et couraient en direction de l'allée. Scuto sautillait derrière eux en agitant la queue, comme s'il s'agissait d'un jeu.

– Il nous suit ? demanda Flavia, essoufflée, au moment où ils atteignaient le chemin.

– Non, je ne crois pas, répondit Jonathan.

Sa respiration était devenue sifflante. En attendant qu'il reprenne son souffle, Flavia se joignit à Nubia pour caresser Scuto.

– Ne t'inquiète pas, Scuto, lui souffla-t-elle d'une voix rassurante, on ne laissera pas ce méchant homme te faire du mal.

– Pas méchant homme, dit Nubia.

Flavia et Jonathan lui lancèrent un regard de surprise.

– Homme triste, reprit Nubia calmement.

– Mais c'est probablement l'homme qui a tué Bobas ! s'écria Jonathan.

– Oui, je crois que tu as raison, approuva Flavia.

– Mais comment nous en assurer ? s'interrogea Jonathan.

– Je sais ! s'exclama Flavia après avoir réfléchi un instant. Nous allons nous cacher et attendre qu'il retourne en ville. Toi Jonathan, tu le suivras. Nubia et moi allons retourner près de la petite tombe et chercher d'autres indices. Puis nous nous retrouverons chez moi. D'accord ?

– C'est une bonne idée. Postons-nous à l'ombre.

Ils s'assirent tous les trois sur un tapis d'aiguilles de pin et s'adossèrent contre une large stèle décrépie. Des buissons d'aneth et de thym les dissimulaient mais ils pouvaient voir quiconque passerait alentour. Seuls le chant des cigales et les halètements de Scuto brisaient le silence de l'après-midi.

Flavia observa les tombes autour d'eux. Elles ressemblaient à de petites maisons. Elles avaient même des portes, de façon à ce que l'on puisse ajouter des urnes. Parfois des inscriptions étaient gravées au-dessus des portes, d'autres étaient ornées de peintures. La plus proche, de l'autre côté de la route, représentait un combat de gladiateurs. La peinture commençait à s'écailler.

La tombe de la famille de Flavia se trouvait un peu plus loin. Les Geminus vivaient à Ostia depuis maintenant trois générations. Elle venait souvent, avec son père, rendre hommage à sa mère et à ses frères jumeaux.

Les tombes les plus pauvres n'étaient surmontées que d'amphores[1] à moitié enterrées. Parfois, du vin était versé dans ces amphores afin de rafraîchir les cendres des morts.

Un homme, menant un âne par le licol, s'approchait à pas lents. Il avait chargé son animal de bois pour le feu, qu'il avait ramassé en forêt. Les enfants l'entendirent fredonner et parler tout seul. Puis il disparut.

– Peut-être qu'il ne passera pas par cette allée-ci, finit par murmurer Flavia à Jonathan. Ou alors, nous l'avons raté.

– Non, c'est impossible. Attends ici, je vais jusqu'à la tombe m'assurer qu'il y est encore.

Il s'éloigna en rampant mais revint sur ses deux jambes quelques minutes plus tard.

– Il est parti, annonça-t-il, mais venez voir la tombe, venez vite.

– « Aux dieux de l'autre monde », lut Flavia, « à la mémoire de ma pauvre Avita, morte à l'âge de huit ans… »

Jonathan, Nubia et Scuto écoutaient attentivement Flavia déchiffrer l'inscription sur la stèle.

– Il y a un dessin de ce côté, lança Jonathan.

1. Grand vase d'argile, dans lequel était conservé le blé, l'huile ou le vin.

Ils firent le tour de la tombe et découvrirent une fresque[1] représentant une petite fille allongée sur un lit funéraire et entourée de pleureuses. Les couleurs étaient étrangement vives et gaies.

– Petite fille, dit tristement Nubia.

– Oui, répondit doucement Flavia. C'est sans doute sa fille. Mais où est-il allé ? Le seul moyen de sortir est d'emprunter l'allée principale.

– À moins, commença Jonathan, que sa maison ne donne directement sur le cimetière… comme les nôtres.

– Cela voudrait dire qu'il est… notre voisin ! s'exclama Flavia.

– Comment le savoir ? se demanda Jonathan en mâchouillant un brin d'herbe.

– Je sais à qui demander, s'écria Flavia.

Ils étaient assis dans la cuisine de Flavia et picoraient du raisin tout en avalant de longues gorgées d'eau froide qu'Alma leur avait versée dans des coupes en céramique[2].

Scuto buvait à grandes lampées dans son bol.

Alma, penchée au-dessus du foyer de la cuisinière, remuait une soupe au poulet et à l'orge en hochant la tête.

1. Peinture réalisée sur le plâtre d'un mur avant qu'il ne soit totalement sec. Quand le plâtre sèche, la peinture est entièrement intégrée au mur.
2. Argile chauffée dans un four, d'abord à très haute température puis plus doucement.

– Oui, je me rappelle l'histoire de cette petite fille. Son père était marin. Ils habitaient en haut de notre rue. Il adorait son enfant et détestait devoir la quitter... oui, c'est bien cela, la petite fille se nommait Avita. Avita Procula. Et son nom à lui, c'est Publius Avitus Proculus. Il y a une ou deux semaines, il est rentré d'un voyage et l'a retrouvée morte.

Alma attrapa, dans un sac accroché au plafond, une pincée de romarin.

– Elle habitait dans notre rue ? demanda Jonathan.

– Oui, acquiesça Alma, saupoudrant les herbes dans la soupe, la maison à droite dans le tournant.

– Et tu sais de quoi Avita est morte ? interrogea Flavia.

– Oh, oui...

Alma soupira tristement sans cesser de remuer la soupe.

– Je ne t'en ai jamais parlé parce que je ne voulais pas que tu fasses des cauchemars.

Tous les regards se fixèrent sur la cuisinière. Elle cessa de remuer sa soupe.

– Elle est morte dans de grandes souffrances. Elle était atteinte d'hydrophobie.

Et comme les enfants continuaient de la regarder sans comprendre, elle ajouta :

– Un chien enragé l'avait mordue.

– L'hydrophobie, leur expliqua le docteur Mordecaï, est une maladie terrible.

Il avait étalé sur son bureau en marbre des rouleaux de parchemin médicaux.

– Ce mot signifie la « peur de l'eau ». Les personnes atteintes de cette maladie sont terrifiées par l'eau, même par leur propre salive.

Jonathan se tenait derrière son père. Il fit une bulle avec sa salive et écarquilla les yeux avec une horreur feinte. Flavia et Nubia se retinrent de rire. Mordecaï reprit :

– Les malades perdent également tout appétit…

Dans son dos, Jonathan fit semblant de refuser une assiette imaginaire.

– … souffrent d'hallucinations…

Jonathan ouvrit de grands yeux et poussa un cri silencieux. Il s'agita, se frotta frénétiquement les bras, comme si des insectes grimpaient sur lui. Flavia dut se mordre la lèvre pour ne pas éclater de rire. Nubia se couvrit la bouche de la main.

– … et parfois finissent paralysés.

Jonathan plaqua ses bras le long de son corps, se raidit comme une planche en louchant. Les filles, incapables de se contenir plus longtemps, éclatèrent de rire. Mordecaï leur lança un bref coup d'œil.

– Jonathan, s'il te plaît, lança-t-il sans prendre la peine de se retourner, ce n'est pas un sujet de plaisanterie.

Il reprit sa lecture.

– La maladie est également connue sous le nom de « rage ». Hmmmm, voyons ce que nous apprend Pline. J'ai son dernier volume quelque part par ici.

– Qui est Pline ? demanda Flavia.

– Il est amiral dans la flotte romaine et c'est également un brillant historien, répondit Mordecaï tout en cherchant parmi les rouleaux posés sur la table. Il vient justement de terminer un magnifique recueil d'histoire naturelle en trente-sept volumes… Il n'habite pas très loin d'ici, sur la côte… Ah, le voilà !

Le père de Jonathan plaça le rouleau sous la lampe. Le soleil commençait à se coucher et le bureau devenait de plus en plus sombre.

– Ça y est. Voilà ce que Pline dit à propos de la rage. « Très dangereuse pour les humains, particulièrement quand on entre en période astrologique du chien… la rage cause des hydrophobies fatales… En prévention, on pourra mélanger des fientes de poulet à la nourriture des chiens… »

Jonathan grimaça et tira la langue.

Mordecaï sourit avec indulgence à leur hilarité puis leur demanda soudain de se taire.

Un cri, immédiatement suivi d'aboiements, déchira le silence.

– Les chiens. Ils sont de nouveau dans le cimetière, souffla Mordecaï sans desserrer les dents. Mais cette fois, je suis prêt.

Le docteur sortit du bureau en courant et gravit l'escalier quatre à quatre, manquant de se prendre les pieds dans sa longue robe. Jonathan, Flavia et Nubia le suivirent dans une petite pièce qui ne possédait qu'une minuscule ouverture. Sous la fenêtre, sur une table octogonale, étaient alignées des pierres. À côté, un arc et une flèche. Mordecaï passa la tête à l'extérieur et grommela :

– Ils sont là.

Il saisit l'arc et la flèche et visa. Jonathan et Flavia se penchèrent pour voir, mais la fenêtre était trop étroite, Mordecaï cachait la vue.

– Venez vite, il y a une fenêtre dans la chambre d'à côté, s'écria Jonathan. Suivez-moi !

8

Les filles entrèrent avec Jonathan dans une seconde petite chambre dont les murs étaient peints d'une vive peinture ocre. Ils coururent à la fenêtre et Jonathan arracha l'écran de bois qui la fermait. Ils eurent juste le temps d'apercevoir la flèche de Mordecaï atterrir au milieu de la meute de chiens qui encerclait un petit pin parasol.

La flèche manqua son but.

Les chiens se massèrent autour du tronc, aboyant plus bruyamment encore.

– Où est ta fronde ? demanda Flavia à Jonathan.

– Ça ne sert à rien, je n'ai pas assez de place ici. Je ne peux l'utiliser qu'à l'extérieur.

Leurs trois visages étaient serrés dans le cadre de la minuscule fenêtre.

– Après quoi aboient-ils ? lança Jonathan.

– Il y a quelque chose en haut de l'arbre.

– Tu as raison, acquiesça Jonathan, j'aperçois une forme qui monte de l'autre côté du tronc.

Il était difficile de distinguer quoi que ce soit dans l'obscurité naissante.

– Je vois des mains, ou des pattes…, annonça Flavia.

– Garçon, dit Nubia.

– Non, c'est impossible, regarde comme il grimpe vite ! s'écria Jonathan.

– On dirait un singe, murmura Flavia.

Les chiens avaient cessé d'aboyer et observaient la silhouette avec beaucoup d'intérêt.

Soudain, la créature tourna autour du tronc et les enfants virent, non pas un singe, mais un jeune garçon d'environ huit ans.

Ils étaient stupéfaits. Le garçon criait des phrases incohérentes aux chiens : il ne semblait pas avoir peur, il paraissait se moquer d'eux. Les chiens aboyèrent de nouveau après lui avec force.

Une nouvelle flèche partit de la fenêtre. Celle-ci atteignit sa cible. Un des chiens gémit, bondit et retomba, touché à l'estomac. Les autres s'approchèrent pour le renifler. Quand une seconde flèche frappa le meneur, ils s'enfuirent dans les bois. Les chiens blessés gisaient sur le sol. Haut dans l'arbre, le jeune garçon s'accrochait au tronc.

– Allons l'aider, s'écria Jonathan.

Il descendit l'escalier en courant, suivi des filles.

Mordecaï les rejoignit.

– Attendez ! cria-t-il, ne sortez pas, les chiens ne sont pas morts. Ils sont peut-être encore dangereux.

– Mais nous devons porter secours au garçon, protesta Jonathan.

– Je sais, le rassura son père, j'ai apporté ce qu'il faut.

Mordecaï tenait un large sabre incurvé, la lame brillait comme un miroir et semblait plus coupante que le fil d'un rasoir.

Aucune fenêtre ne donnait sur l'arrière de la maison au rez-de-chaussée. Les trois enfants remontèrent au premier étage pour voir comment Mordecaï comptait procéder. Dans la pénombre, ils l'aperçurent sortir avec prudence de la maison. Son turban blanc brillait dans la lumière de la lune. Son sabre lançait des éclairs.

Il avança lentement vers le pin, jetant de temps en temps un œil vers le garçon, sans cesser de surveiller les mouvements des chiens. Le meneur haletait. Il ne pouvait plus bouger. La flèche plantée dans sa cuisse le maintenait au sol. L'autre, une femelle, se tordait de douleur. Mordecaï brandit son sabre et lui coupa la gorge, abrégeant ses souffrances.

Mais ce geste alarma le meneur qui, dans un mouvement de désespoir, libéra sa patte. L'énorme mastiff noir fit face à Mordecaï et se contracta comme pour prendre son élan. Il retroussa les babines et montra ses crocs pointus et luisants de salive. La flèche brisée sortait de sa patte sanguinolente.

Mordecaï murmura des paroles apaisantes, mais le chien ne se calma pas.

Tous crocs dehors, il bondit vers le visage de Mordecaï.

Le père de Jonathan réagit instinctivement. La lame sanglante brilla, la tête et le corps du chien retombèrent, à quelques mètres l'un de l'autre.

Flavia et ses amis restèrent pétrifiés.

Soudain, ils se ruèrent au bas des marches et sortirent rejoindre Mordecaï.

Quand ils arrivèrent près de lui, il n'avait pas bougé, et regardait les deux chiens morts en tremblant.

– Donne-moi le sabre, Père, dit calmement Jonathan.

Mordecaï secoua la tête.

– Non, si ces chiens souffraient de la rage, même leur sang peut être dangereux.

Il se dirigea vers un petit monticule herbeux et essuya soigneusement sa lame.

Flavia sentit qu'on lui tirait la manche. Nubia montrait l'arbre du doigt. Le garçon, au lieu de descendre et de les remercier de lui avoir sauvé la vie, grimpait plus haut.

– Descends, appela Flavia. Les chiens sont morts, il n'y a plus de danger.

– Ils ne peuvent plus te faire de mal à présent, ajouta Jonathan.

Mais le garçon avait atteint les plus grosses branches et montait de plus en plus haut. Ses pieds nus agrippaient l'écorce aussi adroitement que ses mains. Les enfants, fascinés, ne pouvaient le quitter des yeux. Il s'immobilisa un instant puis bondit sur un autre pin parasol qui se trouvait à côté. Il attrapa une branche d'une main, mais elle était trop fine et plia dangereusement. Les enfants retenaient leur souffle mais le garçon avait déjà sauté sur une autre branche.

L'écart entre l'arbre dans lequel il se trouvait et l'autre était encore plus large. Mais c'était le seul moyen pour lui d'atteindre la forêt.

Flavia s'étrangla d'angoisse quand il commença à se balancer sur sa branche pour se donner de l'élan.

– Il ne va jamais y arriver !

– Mais si ! se rassura Jonathan dans un souffle.

Le garçon sauta. Il sembla presque voler pendant quelques secondes. Mordecaï, Jonathan, Nubia et Flavia en eurent le souffle coupé.

Comme par miracle, il réussit à s'accrocher à une des branches les plus hautes et se balança de nouveau pour atteindre la suivante. Mais soudain un terrible craquement se fit entendre. La branche et le garçon tombèrent sur le sol.

– C'est incroyable mais il ne semble pas avoir de membre cassé, murmura Mordecaï en examinant le garçon. Jonathan, pourrais-tu approcher la lampe, s'il te plaît ?

Ils entouraient tous le divan de la petite chambre aux murs ocre. L'enfant avait les yeux fermés et son visage était extrêmement pâle, mais il respirait. Jonathan approcha la lampe du lit en faisant attention de ne pas renverser d'huile brûlante.

La lumière éclaira le visage du jeune acrobate. Il était d'une saleté repoussante, des traînées noires couvraient son visage et ses cheveux emmêlés étaient pleins de poussière et de brindilles. Sa tunique rapiécée avait une curieuse odeur de vin aigre et de résine de pin.

Il ouvrit tout à coup les yeux. Ses pupilles brillèrent d'un éclat vert dans la lumière de la lampe. Elles reflétèrent d'abord la peur, puis la méfiance.

– Que la paix soit avec toi, l'accueillit Mordecaï en s'inclinant légèrement. Chaque étranger est notre hôte.

Le garçon tenta de se lever mais Mordecaï le repoussa doucement contre les coussins à rayures empilés derrière son dos.

– Attention, tu as fait une mauvaise chute. C'est un miracle que tu ne te sois rien cassé.

Le garçon s'installa contre les coussins et regarda autour de lui, comme s'il essayait d'estimer ses possibilités d'évasion.

– Jonathan, donne-moi le pain, s'il te plaît, demanda Mordecaï.

Jonathan tendit à son père un plat sur lequel étaient posées des tranches de pain. Mordecaï en prit une et l'offrit au garçon.

Il n'hésita pas une seconde. Il sortit la main de sous les couvertures, s'empara du pain, le respira rapidement et l'engloutit. Ses ongles étaient cassés et très sales.

Mordecaï posa le plat sur le divan. Le garçon reprit du pain et le dévora à belles dents. Il mangeait comme un chien, broyant les aliments une fois ou deux avec ses molaires puis, la tête en arrière, avalait d'un coup. Entre deux bouchées, il regardait sans cesse autour de lui d'un air méfiant comme si, à tout moment, on risquait de lui voler sa nourriture.

Quand il eut terminé la tranche, et bu une cruche d'eau fraîche, il s'essuya la bouche de son bras nu et repoussa la couverture, prêt à partir.

– Non, non, lui sourit Mordecaï, en le repoussant de nouveau dans le lit. Tu ne peux pas partir maintenant. Il fait nuit noire dehors. Dis-moi où habite ta famille, que je puisse les prévenir que tu vas bien. Comment t'appelles-tu et où vis-tu ?

Le garçon le dévisagea en silence, lèvres serrées.

– Nous avons partagé le pain, expliqua Mordecaï solennellement, tu es maintenant sous notre protection. S'il te plaît, donne-moi juste ton nom.

Le docteur adressa un sourire d'encouragement au garçon, qui resta silencieux comme une tombe.

– Peut-être qu'il ne nous comprend pas, tenta Jonathan.

Le garçon lui jeta un regard noir.

– Je crois que si, répliqua Mordecaï. Jeune homme, reprit-il d'une voix douce, ouvre ta bouche pour moi.

Un éclair furieux brilla dans les yeux du garçon.

– S'il te plaît, insista gentiment Mordecaï.

Le garçon ouvrit lentement la bouche. Mordecaï prit avec beaucoup de douceur le menton du garçon entre son pouce et son index pour le lever un peu plus haut. Puis il regarda l'intérieur de la bouche du garçon avant de prononcer gravement :

– Il comprend parfaitement bien, mais il ne peut pas répondre. Quelqu'un lui a coupé la langue.

9

Un lourd silence régnait dans la pièce. Les enfants étaient horrifiés. Le garçon les défia du regard et des larmes de colère emplirent ses yeux. Flavia comprit que son amour-propre avait été blessé et réfléchit à toute vitesse.

– Je t'ai déjà croisé près du forum, lança-t-elle sur le ton d'une banale conversation, tu es souvent assis près du brocanteur…

Elle n'ajouta pas qu'elle l'avait vu mendier.

Le garçon la regarda avec méfiance, puis acquiesça en hochant imperceptiblement la tête. Jonathan suivit l'exemple de Flavia.

– Comment as-tu appris à grimper si bien aux arbres ? demanda-t-il. Je n'ai jamais vu personne aussi doué. Tu pourrais m'apprendre ?

Le petit mendiant parut content malgré lui et haussa les épaules.

Ce fut au tour de Nubia de prendre la parole.

– Quel nom ? mais elle se reprit aussitôt : Quel est ton nom ?

Les autres lui jetèrent un regard effrayé. N'avait-elle pas compris que le jeune garçon ne pouvait pas parler ?

Le garçon fixa Nubia, puis se mit à grogner et retroussa ses babines comme un chien féroce.

– Désolée, s'excusa Flavia.

– Nous ne voulions pas te mettre mal à l'aise, ajouta Jonathan à la hâte.

– Chien ? demanda Nubia.

Sans un regard pour Flavia et Jonathan, le garçon adressa un signe d'encouragement à Nubia. Elle avait compris ce qu'il essayait de dire.

– Lion, essaya-t-elle encore.

Le garçon secoua la tête, mais ses yeux l'imploraient de chercher encore. Flavia et Jonathan finirent par comprendre à leur tour.

– Tigre, s'exclama Flavia, tu t'appelles Tigre !

Le garçon secoua la tête.

– Cheval, proposa Jonathan.

Le garçon leva les yeux au ciel et recommença à grimacer en montrant les dents.

– Je sais, dit Flavia. Loup !

Le garçon acquiesça avec enthousiasme.

– Lupus, tu t'appelles Lupus, poursuivit Flavia.

Le garçon acquiesça encore, croisa les bras et appuya son dos contre les coussins.

Nubia demanda à Flavia :

– C'est quoi, Lupus ?

– Un loup, expliqua Flavia, comme un chien sauvage et féroce.

Elle se rappela soudain le mot grec : *lykos* !

– Ah, Lupus, dit Nubia.

Elle adressa un sourire radieux au jeune garçon. Il leva les sourcils et les montra du doigt.

– Moi, c'est Flavia.

– Jonathan.

– Je m'appelle Nubia, répondit la jeune esclave.

Elle ajouta automatiquement :

– Que puis-je faire pour vous ?

Lupus en resta bouche bée d'étonnement et les autres éclatèrent de rire, même Nubia.

Après une heure de questions auxquelles Lupus répondit par des hochements de tête, ils avaient découvert un certain nombre d'événements importants de sa vie.

Lupus était orphelin. Il n'avait pas de famille, pas de maison. Il passait le plus clair de ses journées à fouiller dans les poubelles près du cimetière. Parfois, le brocanteur lui donnait une pièce ou deux en échange de ce qu'il rapportait. Avec cet argent et celui qu'il gagnait en mendiant, il s'achetait à manger. Pendant l'été, quand les nuits étaient chaudes, il dormait à la belle étoile. Le plus souvent entre les tombes. L'hiver, il s'allongeait près du grand four des thermes de Thétis. Il pensait être âgé d'environ huit ans, mais n'en était pas tout à fait sûr.

Aucun des trois n'osa lui demander comment il avait perdu sa langue.

Pendant cet échange, Mordecaï était resté assis, silencieux dans un coin de la pièce, écoutant et lisant. Ils avaient presque oublié sa présence. Quand il se leva et s'approcha d'eux, Flavia sursauta.

– Les enfants, il commence à se faire tard, leur rappela-t-il gentiment, il est l'heure d'aller vous coucher. Flavia et Nubia, vous devez rentrer à la maison, Alma va s'inquiéter. Lupus, tu peux bien sûr passer la nuit ici. Tu es d'accord ?

Lupus réfléchit un instant et accepta.

– Très bien, sourit Mordecaï.

Il moucha toutes les flammes des lampes sauf une et quitta la pièce. Jonathan et Nubia dirent au revoir à Lupus et sortirent à leur tour. Flavia était restée en arrière dans un but bien précis. Au moment où elle atteignait la porte, elle se retourna et murmura au garçon :

– Lupus, le chien de Jonathan a été décapité ce matin. Nous essayons de trouver le coupable. Tu veux bien nous aider à résoudre ce mystère ?

Les yeux verts de Lupus brillèrent à la lueur de la lampe et il acquiesça.

– À demain alors, lança Flavia.

– Nous venons juste de finir le petit déjeuner, expliqua Jonathan à Flavia et Nubia le lendemain matin, en leur faisant traverser l'atrium et les corridors qui menaient au jardin. Miriam est toujours chez mes cousins et Père est allé au forum très tôt pour déclarer le meurtre de notre chien aux magistrats. Il compte aussi leur parler de la meute de chiens enragés. D'après lui, les soldats peuvent lui donner un coup de main. Je n'ai pas le droit de quitter la maison en son absence.

Le soleil n'était pas levé depuis plus d'une heure et le bleu déjà resplendissant du ciel n'éclairait pas encore le jardin. Lupus était assis en tailleur sur un tapis bleu et rouge délavé, posé à même le sol. La table devant lui était chargée d'aliments mais il ne mangeait pas. Il buvait à petites gorgées une crème épaisse dans une cruche d'argile.

– C'est du lait caillé, expliqua Jonathan. Je lui ai proposé du pain et du miel, mais le lait est plus facile à avaler pour lui.

– Bonjour Lupus, lança Flavia, te sens-tu mieux ce matin ?

Le garçon muet accueillit les filles d'un chaleureux sourire. Jonathan, Nubia et Flavia s'assirent autour de la petite table sur le tapis.

Flavia tira une tablette de cire et un stylet[1] de sa ceinture.

– Nous devons prévoir un plan pour aujourd'hui. Jonathan, as-tu tout expliqué à Lupus ?

1. Objet de métal ou d'ivoire qui servait à écrire sur les tablettes de cire.

– Oui, acquiesça Jonathan. Tout ce que je me rappelais. Comment nous sommes allés au port, en laissant Bobas seul, et comment nous l'avons trouvé à notre retour…

Sa voix trembla et Flavia prit le relais :

– Comment penses-tu que le voleur a pu entrer ?

– Père ne ferme presque jamais la porte à clé, avoua Jonathan. Nous ne possédons pas de gardien et dans notre communauté, personne ne ferme sa porte.

Il s'arrêta puis ajouta doucement :

– Nous ne commettrons plus jamais cette erreur.

– Qui est ton autre voisin ?

– Un banquier et sa famille, je crois, mais ils sont partis la semaine dernière pour aller passer l'été à Herculaneum.

– Hmmmm.

Flavia prenait des notes sur sa tablette.

– Personne n'a rien entendu, personne n'a rien vu – sauf Libertus – et rien n'a été volé…

– Le dé ! s'écria Jonathan, j'ai oublié le dé.

Il plongea la main dans la bourse attachée à sa ceinture et montra à Lupus le dé de quartz.

Lupus souffla dessus, le jeta sur le tapis et se renfrogna.

– Le chien, marmonna Flavia d'un air absent.

Mais tout à coup, elle s'écria :

– Il y a aux dés un coup qui s'appelle le Chien. C'est le plus mauvais score ! Tu crois qu'il peut y avoir un lien ?

Jonathan haussa les épaules et Lupus se gratta la tête.

– Ce n'est sûrement qu'un hasard… (Flavia mâchouilla le bout de son stylet.) Je pense que le tueur est l'homme qui pleurait près de sa tombe. Il déteste les chiens et il correspond à la description de Libertus. As-tu dit à Lupus à quoi ressemblait notre suspect ?

Jonathan s'apprêtait à répondre quand Lupus prit la tablette des mains de Flavia et commença à effacer ses notes avec son pouce.

– Hé ! protesta Flavia.

Lupus continua sans lui prêter attention. Il souriait de plaisir en voyant l'extrémité du stylet d'ivoire repousser la cire souple en révélant le bois qui était dessous. Flavia avait bien envie de lui reprendre sa tablette mais elle vit qu'il était en train de dessiner quelque chose. Au bout de quelques instants, le garçon leva la tablette pour leur montrer.

D'un trait sûr, Lupus avait tracé dans la cire le portrait d'un homme. Le dessin était simple et clair : un visage carré, rasé de près, de gros sourcils qui se rejoignaient au-dessus du nez.

– C'est lui, s'exclama Flavia en poussant un cri d'excitation. C'est l'homme que nous avons vu près de la tombe.

10

– C'est incroyable, souffla Jonathan, en admirant le dessin de Lupus. Où as-tu appris à dessiner ?

Lupus fit la moue et haussa les épaules comme pour dire que ce n'était pas bien difficile.

– Tu connais cet homme ? demanda Flavia.

Lupus fit non de la tête.

– Alors comment as-tu pu le dessiner ?

Lupus désigna le cimetière du pouce et mima quelqu'un en train de pleurer.

– Toi aussi, tu l'as vu pleurer devant la tombe de sa fille.

Lupus acquiesça.

– Quand ? demanda Jonathan.

Lupus réfléchit un instant, leva trois doigts puis un quatrième.

– Quatre fois ?

Lupus approuva.

– Ma nourrice Alma nous a dit qu'il s'appelait Publius Avitus Proculus, expliqua Flavia à Lupus. Il est marin et il habite dans notre rue.

– Pourquoi tuer chien ? interrompit soudain Nubia.

– Il déteste les chiens parce que sa fille est morte après avoir été mordue, expliqua Jonathan. Déteste chiens. Pense que chiens méchants.

– Non, attends, l'interrompit Flavia, Nubia a raison. Pourquoi a-t-il tué Bobas ? Bobas n'avait rien d'un chien sauvage et il était enfermé à l'intérieur d'une maison.

– Peut-être que Bobas ressemblait au chien qui a tué sa fille, suggéra Jonathan, ou peut-être qu'en passant devant chez moi, il a entendu Bobas aboyer et que ça l'a rendu fou…

– Peut-être…, réfléchit Flavia, mais nous devons être sûrs que c'est bien lui le coupable avant de l'accuser d'un crime aussi horrible.

Ils restèrent silencieux un instant.

– Je sais, s'exclama soudain Flavia. Montrons le dessin de Lupus à Libertus et demandons-lui si c'est bien le même homme qu'il a vu s'enfuir avec le sac.

– Bonne idée, approuva Jonathan.

Mais il s'arrêta et fit une grimace de désespoir.

– Mon père m'a ordonné de rester ici jusqu'à son retour. Lupus ne doit pas sortir non plus. Et puis, je dois faire mes corvées.

– Alors j'irai avec Nubia, annonça Flavia.

Devant le visage déçu de Jonathan, elle ajouta :

– Ne t'inquiète pas, nous serons de retour très vite.

Flavia hésita un moment devant la maison de Cordius puis frappa à la porte. Le heurtoir représentait un gros dauphin de bronze dont le rostre cognait lourdement contre un coquillage.

– Heurtoir, dit Flavia à Nubia.

Et en attendant que l'on vienne leur ouvrir, elle en profita pour ajouter :

– Dauphin, coquillage, vert. Porte verte. Un chien aboie. Petite fenêtre. La porte s'ouvre… Bonjour, lança-t-elle poliment à l'œil chafouin qui était apparu dans l'encadrement de la petite fenêtre percée dans la porte, je sais que votre maître n'est pas là mais pourrions-nous parler à Libertus, s'il vous plaît ?

L'œil la regarda avec méfiance.

– Mon père est l'associé de votre maître, ajouta Flavia.

Après un instant, le volet coulissant de la petite fenêtre se referma et elles entendirent le bruit de la clenche de la porte que l'on soulevait. Un esclave extrêmement maigre, le visage sec, leur ouvrit la porte.

Par une laisse entourée autour de son poignet, il tenait un énorme chien rouge, qui grognait et montrait les crocs.

Flavia recula mais Nubia tendit la main, paume vers le ciel, et commença à parler à l'animal dans sa langue. Le chien cessa de grogner immédiatement et lui renifla la main. Puis il la lécha.

Le gardien maudit le chien à voix basse et fit entrer les jeunes filles. Flavia hésita sur le seuil. Le sol était en mosaïque. Des petits morceaux d'argile colorée et des pierres assemblées représentaient un chien noir, l'air féroce, tirant sur sa laisse en montrant les crocs. Dessous était écrit « *Cave canem* » : Attention au chien !

– Ça, je vais faire attention, c'est sûr et certain, murmura Flavia.

– Attendez ici, grommela le gardien, et il sortit avec son chien.

En attendant dans l'atrium, Flavia et Nubia examinèrent les lieux. Flavia n'était jamais entrée dans la maison de Cordius auparavant. Elle était au moins trois fois plus grande que la sienne. On voyait tout de suite qu'il était très riche.

Le sol de l'atrium était magnifique, en marbre noir et blanc et au milieu, à ciel ouvert, un jet d'eau jaillissait dans un bassin doré. Sur les murs, les fresques représentaient les voyages d'Énée*, le héros fondateur de Rome.

– Regarde, dit Nubia. Un chien à trois têtes.

Flavia trouvait ce dessin magnifique.

– C'est Cerbère[1]. Il est très féroce. C'est le gardien du monde des morts.

– Cerbère, répéta Nubia d'une voix incertaine.

Elle s'approcha du mur. Flavia la suivit et elles examinèrent ensemble le chien à trois têtes dont chacune avait la gueule grande ouverte devant Énée. Derrière Énée, une femme tendait la main au chien.

1. Chien mythique à trois têtes, gardien des portes des Enfers.

– Je ne me rappelle pas cet épisode de l'*Énéide*, murmura Flavia.

– Livre six, lança une voix d'homme derrière elles.

Flavia et Nubia se retournèrent brusquement, un peu gênées. C'était Libertus, mais il ne semblait pas le moins du monde en colère. Ses yeux bleu foncé pétillaient. Il récita :

– « Les trois aboiements de Cerbère résonnaient dans les cavernes de l'autre monde… »

Il posa un doigt sur la fresque.

– C'est la scène où le guide d'Énée donne au chien des Enfers un biscuit empoisonné pour qu'Énée puisse entrer. Cette fresque est superbe.

– Oui, superbe, approuva Flavia.

– Allons au jardin, proposa Libertus en souriant. Comme vous le savez, Cordius n'est pas là et en son absence je suis le maître de maison.

Ils traversèrent l'atrium et descendirent les quelques marches qui menaient à un magnifique jardin aussi grand que la maison de Flavia. Au centre, un immense bassin était orné de deux dauphins qui crachaient de l'eau. Six lauriers, taillés en une sphère parfaite, avaient été plantés tout autour du bassin, et à une extrémité se dressait un élégant palmier, baigné des premiers rayons du soleil.

Flavia admira les mosaïques et les statues de bronze presque dissimulées dans des massifs d'arbustes odorants. Plus loin, un esclave taillait des arbres et un autre balayait le péristyle[1]. La moindre feuille était à sa place. Même la rosée sur le mimosa semblait briller de mille feux.

– Asseyez-vous, proposa Libertus en leur désignant un divan de bois de cèdre recouvert de coussins de lin orange.

Il prit lui-même place en face des jeunes filles, posa ses coudes sur ses genoux et sourit :

– Alors, dites-moi ce qui vous amène.

– Tu te rappelles ce que nous t'avons raconté hier, avec Jonathan ? À propos de son chien, Bobas.

– Oui, répondit gravement Libertus.

Il fronça les sourcils.

– C'est une histoire terrible.

– Tu as vu un homme courir…

– Oui, il portait un sac de cuir…

– Était-ce cet homme-là ? demanda Flavia en sortant la tablette de cire de sa ceinture.

Libertus prit la tablette et observa attentivement le dessin de Lupus.

– Oui, répondit-il lentement, bien rasé, les cheveux en arrière et ces énormes sourcils. Oui ! Je me rappelle ses sourcils qui se rejoignaient au-dessus du nez. Et je crois qu'il portait une tunique de couleur pâle.

– Jaune pâle ?

1. Rangée de colonnes autour du jardin ou de la cour.

– Oui, jaune pâle ! C'est ça. Je me rappelle maintenant. Oui, je suis sûr et certain que c'est cet homme que j'ai vu courir dans la rue hier.

Flavia et Nubia venaient d'annoncer la nouvelle à Jonathan et Lupus quand ils entendirent frapper à la porte. Mordecaï appelait son fils.

– Nous devons absolument acheter un nouveau chien de garde, soupira-t-il en entrant. Bobas me manque, avoua-t-il tristement.

Jonathan avait débarrassé la table du petit déjeuner et apportait une tasse de thé à la menthe à son père. Ils s'assirent sur le tapis, au soleil dans le jardin.

Mordecaï s'était habillé à la romaine. Sans doute avait-il voulu donner bonne impression aux administrateurs de la ville. C'était la première fois que Flavia le voyait sans son turban. Ses cheveux étaient noirs, parsemés de mèches blanches et assez longs. Il les avait noués en queue-de-cheval, faisant ainsi disparaître ses papillotes qui habituellement pendaient de chaque côté de son visage.

– Les magistrats ont reçu d'autres plaintes à propos des chiens sauvages et ils m'assurent qu'ils ont envoyé des hommes à leur recherche. Ils ont promis d'enterrer les chiens que j'ai tués hier. Quant au meurtre de Bobas, ce n'est pas si simple. Ils sont assez réticents à l'idée de s'occuper de cette affaire.

Mordecaï but une gorgée de thé.

– J'ai un rendez-vous avec un magistrat tout à l'heure et après je dois aller rendre visite à mes patients. Je serai donc absent toute la journée. Flavia, est-ce que Jonathan et Lupus peuvent rester chez toi ? Je ne veux pas les laisser ici tout seuls.

– Sans problème, assura Flavia, ils seront parfaitement en sécurité chez moi.

– J'ai fermé la porte à clé, précisa Mordecaï aux quatre enfants avant de partir.

Ils se tenaient sur le trottoir devant la maison de Flavia.

– Voici la clé, Jonathan, mets-la chez Flavia et ne l'utilise qu'en cas d'urgence. Si j'ai de la chance, je peux être de retour en début d'après-midi. Promets-moi de ne pas aller trop loin, si tu sors, et d'être prudent.

– Je te promets de ne pas quitter la rue, promit Jonathan sérieusement.

– Très bien, sourit Mordecaï. Que la paix soit avec vous, mes enfants.

– Que la paix soit avec vous, répondirent-ils en chœur.

À peine avait-il atteint la grande fontaine verte que Flavia se tourna vers Jonathan.

– Nous avons promis de ne pas quitter la rue, dit-elle, mais la maison d'Avitus n'est pas loin et je viens d'avoir une idée géniale pour y entrer.

11

– Avitus pourrait se rappeler nous avoir vus au cimetière hier, commença Flavia, mais si je remonte mes cheveux, enfile une jolie tunique et que Lupus m'accompagne, je pense qu'il ne me reconnaîtra pas.

Les quatre enfants étaient assis sur le banc de marbre du jardin de Flavia, pendant qu'elle expliquait son plan pour en apprendre davantage sur l'homme qui pleurait dans le cimetière.

– Un déguisement ! s'écria Jonathan. C'est une idée géniale.

Flavia expliqua l'autre partie de son plan et ses amis tombèrent d'accord : c'était un plan très habile.

– Il n'y a qu'un problème, remarqua Jonathan. Pour que ton plan fonctionne, Lupus doit se laver. Je veux dire se laver… à fond.

Tous les regards se tournèrent vers Lupus.

– Tu as raison, approuva Flavia, ça va nous prendre un peu de temps mais c'est indispensable. Emmène-le, Jonathan, Caudex viendra avec vous.

Elle se tourna vers Lupus.

– Je sais que tu as dormi près des thermes de Thétis, dit-elle avec un sourire, mais je crois que tu n'es jamais entré à l'intérieur.

Quelques heures plus tard, vers midi, Flavia lisait le livre six de l'*Énéide* à Nubia quand Scuto, couché à leurs pieds, leva la tête et aboya faiblement. Peu de temps après, ils entendirent quelqu'un frapper à la porte.

– On y va, Alma, cria Flavia à la cuisinière, et elle replia le rouleau à la hâte. Ils sont revenus, exulta-t-elle, je suis pressée de voir le résultat.

Les jeunes filles se précipitèrent à la porte. Scuto avait senti leur excitation et courait derrière elles en aboyant ; ses pattes glissaient sur le sol de marbre.

Flavia souleva la clenche et ouvrit la porte en grand. Caudex et les deux garçons arboraient de larges sourires.

– Lupus ! s'exclama Flavia, tu es propre ! Ta peau n'a plus la même couleur. Et tu t'es coupé les cheveux.

– Plutôt rasé, précisa Jonathan, en posant sa main sur le crâne crépu de son ami. Il avait des poux plein la tête.

– Même ta vieille tunique semble plus propre, s'émerveilla Flavia.

– Ils l'ont lavée et repassée pendant que nous étions aux thermes, expliqua Jonathan, en entrant dans l'atrium. Lupus, montre tes mains à Flavia.

Lupus tendit ses mains avec réticence. Elles n'avaient presque plus de taches et les ongles étaient impeccables. Nubia commenta timidement :

– Tu sens bon.

Scuto renifla les pieds de Lupus et éternua.

Caudex, qui répandait une forte odeur d'eau de rose, ferma la porte derrière eux et reprit sa place habituelle.

– Je ne crois pas que Lupus ait beaucoup apprécié le sauna, sourit Jonathan, mais je n'arrivais plus à le sortir de la piscine. Il nage très bien et il était heureux comme un poisson dans l'eau. Ce n'est pas vrai, Lupus ?

Lupus acquiesça et ils entrèrent dans le jardin.

– Tu ne boites même plus, remarqua Flavia.

– Nous avons eu droit à un long massage, expliqua Jonathan, j'ai pensé que cela soulagerait ses douleurs et ses bleus.

– Ça a marché ? demanda Flavia.

Le jeune garçon acquiesça de nouveau.

– Hmmmm, réfléchit Flavia, il ne lui manque plus qu'une paire de sandales. Il ne peut quand même pas rester pieds nus !

– J'en ai une paire à la maison. Elles sont trop petites pour moi, mais je les ai à peine abîmées..., proposa Jonathan.

– Prends la clé et va les chercher avec Lupus, lança Flavia. Pendant ce temps, je vais me transformer à mon tour !

Un jeune garçon et une jeune fille se tiennent devant la porte rouge d'une maison dans le tournant de la rue de la Fontaine-Verte. Les yeux de la jeune fille sont gris clair et elle porte une toge blanche. Ses cheveux châtains sont élégamment remontés sur sa tête. Seules quelques mèches s'échappent de la savante coiffure. Les yeux du garçon sont verts. Sa tunique est un peu passée mais propre. Ils portent tous les deux des amulettes bulla autour du cou, ce qui prouve qu'ils n'ont jamais été esclaves.

La jeune fille frappe de nouveau. Un vieil homme ouvre la porte et, après quelques secondes, les trois personnages disparaissent à l'intérieur de la maison.

Au même moment, à l'arrière de la même maison, un autre garçon et une autre fille escaladent un petit peuplier. Les mouvements de la fille sont agiles et calmes, comme si elle avait passé sa vie à grimper aux arbres. Elle est très jolie avec ses cheveux noirs coupés court, sa peau brune et ses yeux dorés. Dans les feuilles sombres du peuplier, elle est presque invisible. Les cheveux du garçon qui la suit sont noir foncé et bouclés, son nez est droit et ses yeux sombres. Contrairement à la fille, il n'est pas très gracieux, il ne cesse de heurter son visage aux petites branches et au feuillage. Et il murmure à voix basse des mots qu'un jeune Romain bien élevé ne devrait pas connaître.

Flavia observa l'atrium. Il devait avoir la même taille que le sien mais des cabanes avaient été construites de chaque côté, ce qui l'avait transformé en un sombre et étroit couloir. On avait l'impression qu'une famille entière vivait là. Flavia entendait chantonner derrière un rideau et une femme lavait des couches dans le bassin. À côté d'elle, deux bébés au nez morveux jouaient avec des cosses de petits pois et des pommes de pin.

– Avitus et sa femme vivent dans les chambres du haut, marmonna le vieil homme édenté qui les avait fait entrer. Vous devez traverser le jardin et monter les marches…

Il n'attendit pas la réponse et retourna dans son baraquement en traînant les pieds.

La femme qui lavait les vêtements leur adressa un signe de tête et Flavia murmura une parole de politesse. Du linge mouillé pendait à un fil, empêchant le moindre rayon de soleil de pénétrer dans la pièce. Une vague odeur de sueur et d'oignons frits flottait dans l'air.

Flavia prit la main de Lupus et ils avancèrent à petits pas vers ce qui avait dû être un jardin. Ici aussi, les vieilles chambres avaient été agrandies et de nouvelles avaient été construites. Le jardin n'était plus qu'un chemin, dont les pavés étaient envahis par de mauvaises herbes. Une vigne toute rabougrie s'accrochait à un treillis rachitique et tentait de s'élever vers le peu de lumière qui parvenait à passer.

Il faisait plus chaud dans le jardin que dans l'atrium. Les familles qui vivaient là avaient laissé les rideaux de leur baraquement relevés pour bénéficier des courants d'air. L'heure de la sieste n'était pas terminée et Flavia perçut des coups d'œil méfiants de l'intérieur des sombres pièces.

Lupus et Flavia montaient l'escalier quand une jeune femme, vêtue d'une stola[1] noire, apparut au balcon au-dessus d'eux. Ses grands yeux bruns semblaient humides.

– Vous m'avez demandée ? questionna-t-elle.

– Nous sommes venus voir si Avita pouvait venir jouer, répondit Flavia de sa voix de petite fille, je m'appelle… hum… Helena et c'est mon frère Lucius. Nous rentrons tout juste de voyage.

– Oh, s'écria la jeune femme, vous feriez mieux de monter.

Elle les accueillit en haut des marches et les mena dans une petite pièce en désordre avec un divan bas contre un mur et une table contre l'autre. Quelques mouches voletaient autour des restes du repas, sur la table. La jeune femme en noir s'assit sur un tabouret et invita les enfants à prendre place sur le divan. Flavia remarqua que du plâtre était tombé du plafond et que deux fissures descendaient le long du mur.

– Je m'appelle Julia Firma, se présenta la femme, j'ai de très mauvaises nouvelles à vous annoncer. Ma fille est morte il y a déjà quelques semaines.

Lupus éclata en sanglots. Il était très convaincant. Flavia fit semblant de le consoler. Puis elle demanda à Julia :

– Mais Avita paraissait en si bonne santé !

– Elle a été mordue par un chien enragé.

– C'est terrible, s'écria Flavia. Comment est-ce arrivé ?

1. Robe de femme.

– Nous sommes si serrés ici, répondit-elle, vous avez bien vu en montant. Ma fille adorait jouer dans le cimetière, sous les arbres… Je n'aurais jamais cru…

Sa voix faiblit et elle chassa machinalement une mouche du revers de la main.

– Un jour, elle est rentrée en se plaignant d'une morsure de chien. Elle était très courageuse. Elle pleurait un peu, mais la blessure n'était pas profonde. J'ai appliqué une pommade dessus et je n'y ai plus pensé.

La femme ferma les yeux un instant avant de reprendre :

– Après quelques jours, nous avons commencé à nous douter que quelque chose n'était pas normal. Avita ne mangeait plus et elle commençait à être terrifiée à la simple vue d'un verre d'eau. Elle ne pouvait même plus boire. Bientôt, elle s'est mise à avoir des hallucinations. Elle n'a retrouvé son calme qu'au moment de mourir.

Julia baissa les yeux et ôta des traces de plâtre de sa stola noire.

– Le pire est que son père était en voyage durant le drame. Avita était notre dernier enfant vivant et, quand mon mari est revenu, il a été inconsolable. Il ne partage pas ma foi, ajouta-t-elle calmement.

– Votre foi ? demanda Flavia.

– Je pense qu'après la mort un monde merveilleux nous attend. Ce monde ne ressemble en rien à un souterrain sombre. C'est un jardin ensoleillé, un paradis. Je suis sûre qu'Avita se trouve dans un endroit comme celui-là. Elle aussi était croyante.

Julia sourit au mur de plâtre écaillé comme si elle apercevait au-delà un monde merveilleux.

Lupus et Flavia échangèrent un regard incrédule.

– Voudriez-vous voir sa chambre? proposa soudain la mère d'Avita.

– Oui, avec plaisir, accepta Flavia poliment, en n'oubliant pas de reprendre sa voix de petite fille.

Julia Firma se leva et les mena dans une petite pièce dont la fenêtre donnait sur le cimetière. Les murs étaient ornés de fresques représentant des arbres, des buissons et des oiseaux.

– Elle adorait sa chambre, soupira Julia.

Elle regarda autour d'elle avec un sourire triste.

– Elle me disait souvent que c'est ainsi qu'elle imaginait le paradis.

Un lit étroit occupait presque toute la pièce, d'une propreté exemplaire. Au chevet du lit, sur une petite table, étaient exposés tous les objets d'Avita: une lampe à huile en argile, quelques bouteilles de verre, un miroir en bronze et un peigne en bois. Sur le lit avait été posé un portrait de la fillette, de la taille d'une main.

Flavia et Lupus observèrent le visage d'Avita. La cire teintée avait été appliquée sur la planchette de bois avec tant d'habileté que la fillette semblait sur le point de parler. Elle portait de petites boucles d'oreilles en or et une amulette autour du cou.

Son visage était si souriant et si avenant que la gorge de Flavia se serra : pour la première fois, elle ressentait vraiment la tragédie de la mort d'Avita.

Lupus prit le portrait pour le regarder de plus près et Flavia jeta un œil par la fenêtre. Elle ne voyait ni Jonathan ni Nubia, mais en se penchant, elle sentit l'odeur de l'herbe et des aiguilles de pin. Elle respira le parfum de la vie avec bonheur et se retourna pour tenter de trouver d'autres indices sur la table.

La lampe à huile attira son regard. Elle avait une forme que jamais Flavia n'avait vue auparavant. Sur le dessus, à l'endroit où sur la plupart des lampes était gravé un Cupidon ou une feuille, apparaissait en relief un homme sans barbe, qui portait un agneau sur l'épaule.

– Le berger, murmura Julia, en entrant de nouveau dans la pièce. Il a mené mon Avita jusque chez lui, comme ce petit agneau.

– Le berger ? s'étonna Flavia.

– Notre dieu, répondit simplement Julia. Tu vois les lettres grecques sur le bec de la lampe ? Elles signifient…

Mais Flavia ne put entendre la suite. Une voix en colère cria soudain derrière eux :

– Que faites-vous dans la chambre de ma fille ? Je vous avais prévenus !

Lupus se retourna et Flavia laissa tomber la petite lampe sur le sol. Publius Avitus Proculus se tenait dans l'encadrement de la porte et il semblait furieux.

12

– Je t'avais dit de ne jamais mettre les pieds dans cette pièce, cria Avitus.

Il était pétrifié par la rage et ses énormes sourcils lui donnaient un air féroce. Mais son courroux était principalement dirigé contre sa femme.

– Publius, protesta Julia, ces enfants sont des amis d'Avita, je voulais juste leur montrer…

– Sors d'ici, ordonna Avitus à sa femme.

Ils se regardèrent intensément.

– Non, je ne sortirai pas, prononça calmement Julia, elle était aussi ma fille. Tu n'es pas le seul à qui elle manque.

– Oui, mais TOI, tu la retrouveras dans ton paradis !

La phrase avait été prononcée sur le ton amer du sarcasme.

– Cela ne signifie pas qu'elle ne me manque pas, Publius…

Une larme glissa sur sa joue.

– … autant qu'à toi.

Soudain, son mari se calma. Son visage se détendit et il se mit à pleurer.

– Elle est morte par ma faute, gémit-il. Si j'avais été là… si seulement j'avais été présent quand…

Julia Firma s'approcha de son mari et l'enlaça.

– Ce n'est pas ta faute. Ce n'est la faute de personne. Tu dois te pardonner, Publius.

Avitus et sa femme pleuraient dans les bras l'un de l'autre et les yeux de Flavia s'emplirent de larmes. Lupus toussota pour attirer son attention et désigna discrètement l'escalier du menton.

Flavia acquiesça et les deux enfants se dirigèrent doucement vers la porte. Ils traversèrent l'étroit jardin et le sombre atrium, passèrent près des petits enfants et sortirent.

La porte se referma derrière eux et Flavia, immobile, en sueur dans la chaleur étouffante de la rue, ne put réprimer un frisson.

Peu de temps après, des bruits de pas leur firent redresser la tête. Jonathan et Nubia couraient vers eux.

– Tête disparue, dit Nubia.

Jonathan était hors d'haleine, la respiration sifflante.

– La tête du chien a disparu, répéta Nubia.

Dans le cimetière, les quatre amis regardaient les corps des deux chiens tués par Mordecaï. Les corbeaux avaient déjà commencé à les déchiqueter. Les fourmis avaient également entrepris leur travail. Instinctivement Flavia détourna les yeux, puis se força à regarder. Les deux corps, le brun et le noir, n'avaient pas été déplacés, mais la tête du meneur, le mastiff, avait disparu.

– Peut-être qu'un corbeau l'a prise, suggéra Jonathan.

Flavia lui lança un regard sceptique.

– Trop lourd. C'est sans doute ton père qui l'a apportée au magistrat pour une raison ou une autre.

– Ça m'étonnerait. Souviens-toi, il a dit que même le sang pouvait être dangereux.

– Peut-être qu'un des chiens de la meute est venu la chercher.

– Peut-être…

Mais Jonathan ne semblait pas plus convaincu.

Lupus examinait attentivement les hautes herbes près du corps décapité. Soudain, il s'allongea et renifla.

– Tu as trouvé un indice, Lupus ? lui demanda Flavia.

Il secoua la tête.

– Vous feriez mieux de vous éloigner, prononça une voix grave derrière eux.

Les quatre enfants sursautèrent et se retournèrent. Deux soldats, appuyés sur des pelles, transpiraient sous le soleil.

– On doit les enterrer tout de suite, annonça le plus grand. Ordre du magistrat.

Il planta sa pelle dans la terre.

– C'est vous qui avez pris la tête du chien noir ? demanda Flavia quand elle fut revenue de sa surprise.

– Ben non, petite, pourquoi on aurait fait ça ?

Sa pelle s'enfonça un peu plus profondément dans la terre.

– C'est que... elle a disparu et on se demandait...

– Eh, Rufus, c'est qu'elle a raison la petite ! s'exclama le petit soldat, y a une des têtes qui manque.

– C'est ta tête à toi qui va te manquer si tu commences pas à creuser tout de suite.

– Qu'avez-vous trouvé chez Avita ? murmura Jonathan lorsqu'ils furent assis à l'ombre des pins, non loin des soldats.

– Pas grand-chose. Ses parents sont aussi tristes l'un que l'autre, mais sa mère pense qu'un berger l'a emmenée dans un jardin magnifique.

Jonathan jeta un regard surpris à Flavia, qui ajouta :

– Avitus est arrivé quand nous étions dans la chambre, il était dans une colère noire. Il a très mauvais caractère...

– Nous le savions déjà, souffla Jonathan.

Il reprit pensivement :

– Nous devons en apprendre plus sur lui. Si seulement nous pouvions le suivre...

Lupus saisit la tunique de Jonathan et se montra lui-même.

– Merci de proposer ton aide, Lupus, mais s'il te voit, il te reconnaîtra.

Pour toute réponse, Lupus se pencha, ramassa une poignée de terre et de brindilles et s'en barbouilla le visage.

– Lupus, s'écria Flavia, nous venions juste de te laver.

– Il a raison, s'écria Jonathan. Tout le monde connaît le petit mendiant près du brocanteur et personne ne fait jamais attention à lui. Habillé en mendiant, Lupus est invisible.

Il donna une tape amicale dans le dos de Lupus.

– Tu devrais enlever ces sandales et ma bulla. Et remettre une vieille tunique.

Une fois que Lupus eut retrouvé son apparence première, celle d'un mendiant crasseux, il s'assit à l'ombre d'un mûrier en face de la porte d'Avitus. Flavia lui donna les dernières recommandations.

– Quand Avitus sortira de sa maison – s'il sort –, tu le suis à distance et tu essaies de regarder s'il a un comportement suspect. Utilise cette craie pour nous indiquer par une flèche sur le tronc de l'arbre quelle direction il a prise. Je te donne un morceau de pain et de fromage au cas où tu aurais faim. Mais il vaut mieux que tu les caches.

Lupus les glissa dans un petit sac de toile attaché à sa tunique.

– Tu es sûr que ça ne t'ennuie pas de rester assis sans bouger ? demanda Jonathan.

Lupus secoua la tête.

– Nous allons essayer d'en apprendre plus de notre côté, reprit Flavia. Nous nous retrouvons chez moi une heure avant le coucher du soleil pour comparer nos indices, d'accord ?

Lupus acquiesça. Flavia, Nubia et Jonathan redescendirent la rue. En passant devant la maison de Flavia, Nubia proposa :

– On prend Scuto ?

Flavia hésita. Un meurtrier de chiens rôdait dans les parages et elle ne voulait pas mettre Scuto en danger. Son père lui avait toujours conseillé de ne pas s'aventurer en ville sans son chien, mais elle n'était pas seule. Jonathan et Nubia l'accompagnaient.

– Je pense qu'il est plus en sécurité à la maison avec Caudex et Alma, décida-t-elle.

– Ne devrais-tu pas leur dire où tu vas ? demanda Jonathan.

– Si je les préviens, ils ne me laisseront jamais sortir, s'exclama Flavia. Allez, on y va.

Assis à l'ombre du mûrier, Lupus pouvait observer la rue tout entière. C'était l'heure la plus chaude de la journée. La plupart des gens faisaient la sieste dans leurs jardins ou bien se détendaient aux thermes.

Un mouvement attira son regard mais il ne s'agissait que d'un esclave qui, d'une fenêtre du premier étage, vidait un pot de chambre dans la rue. On entendit un bruit d'éclaboussure et le claquement des volets de bois qui se refermaient. Puis le silence revint, uniquement rompu par le chant des cigales.

Lupus pensa à Flavia et à ses amis. Il pensa ensuite à toute la nourriture qu'il avait ingurgitée ces dernières heures.

Habituellement, il détestait manger. Il ne sentait pas le goût des aliments, avait du mal à les mâcher, et chaque bouchée menaçait de l'étouffer. Mais après qu'on lui eut montré les raisins, le miel et le lait caillé, son corps en avait eu tellement envie qu'il avait tout avalé sans penser au danger.

À présent, il était repu. Il se sentait sur le point de somnoler. Le rythme lent des cigales dans la chaleur de l'après-midi l'endormait peu à peu. Ses paupières étaient de plus en plus lourdes. Il se secoua énergiquement.

Quand il avait faim en permanence, il restait plus facilement en alerte. Sa perception des odeurs était bien plus aiguisée s'il n'avait pas mangé depuis un jour ou deux. Sa vue, plus perçante également.

Était-ce ainsi que les gens qui vivaient dans des maisons se sentaient ? Repus, heureux et sur une espèce de nuage ? Il s'était recouvert le visage de poussière mais sous sa vieille tunique, sa peau était douce et propre, ses muscles parfaitement détendus. Il sentait encore l'odeur de l'huile de santal avec laquelle il avait été massé.

Cela l'avait rendu vulnérable. Auparavant, la démangeaison due à la vermine qui l'envahissait l'empêchait de s'assoupir. Mais plus aucune bestiole ne grouillait dans sa tunique et aucun pou n'assiégeait plus son cuir chevelu.

Il se passa la main dans les cheveux. Ils étaient soyeux. C'était agréable. Il serait si doux de vivre dans une belle maison comme celle de Flavia, d'avoir toujours le ventre plein, des vêtements propres, de faire la sieste pendant les chauds après-midi, dans un jardin rafraîchi par une fontaine ! Ou d'aller aux thermes quand vous en avez envie, nager dans une eau aussi claire que du cristal, de regarder les mosaïques représentant des sirènes au fond de la piscine, et d'être massé jusqu'à ce que toutes vos douleurs disparaissent.

Comme il serait bon de n'avoir plus jamais à s'inquiéter du prochain repas, des gens qui cherchent à vous faire du mal, de la solitude. Les yeux de Lupus se fermèrent et, durant un instant, il tomba dans le délicieux oubli du sommeil.

Il s'éveilla soudain. Quelque chose avait bougé dans la rue. La porte rouge s'ouvrait. Un homme la referma derrière lui et se dirigea vers le nord en direction du pont Romain. C'était Avitus et il était seul.

13

– Où nous emmènes-tu ?

Jonathan hésitait. Ils arrivaient devant la fontaine verte qui marquait la fin de leur rue.

– Au forum de la marina, répondit Flavia. Le capitaine du port est un ami de mon père. Il connaît certainement Avitus.

– Mais j'ai promis à mon père que je ne m'éloignerais pas de la maison.

Jonathan, mal à l'aise, reculait sur le trottoir.

– Viens Jonathan, essaya de le persuader Flavia, tu ne veux pas découvrir qui a tué Bobas ?

– Bien sûr que je le veux. Mais mon père me fait confiance.

– Il a confiance en l'aide que tu peux lui apporter, répliqua doucement Flavia. Ce ne sera pas long, je te le promets.

Nubia les regarda. Après un instant, Jonathan déclara abruptement :

– D'accord, allons-y.

Il descendit la rue à vive allure et les filles durent courir pour le rattraper.

Hormis quelques esclaves qui faisaient des courses pour leur maître, les rues étaient vides. Flavia et ses amis arrivèrent en sueur à la marina. De l'autre côté de l'arche de marbre blanc qui se détachait sur le bleu du ciel, s'étendait le vert de la mer.

– Le capitaine du port s'appelle Lucius Cartilius Poplicola, annonça Flavia, alors qu'ils s'arrêtaient à l'ombre de l'arche.

Flavia montra un bâtiment sur sa gauche.

– Je crois qu'il travaille ici.

Le forum de la marina était une immense place carrée, entourée sur trois côtés d'une allée couverte bordée de colonnes.

Le matin et le soir, des commerçants s'installaient sous ces colonnades[1] et l'on pouvait acheter tout ce qui sortait des bateaux : poissons, fruits exotiques, bijoux, parfums, vins et tissus.

Pour le moment, la plupart des étals étaient fermés pour la longue pause du déjeuner. Seuls un ou deux étaient restés ouverts. Surgie on ne sait d'où, s'élevait la douce musique d'une flûte, et non loin un poissonnier criait d'une voix endormie :

– Calamar frais ! Pêché de ce matin, calamar frais !

1. Passage couvert avec des colonnes de chaque côté.

À l'extrémité de la place se dressait un imposant bâtiment de brique et de marbre.

– C'est ici que se trouve son bureau ? demanda Jonathan.

– Oui, je crois, répondit Flavia, qui ne semblait soudain plus si sûre d'elle.

La porte était gardée par deux soldats.

– Allons-y, l'encouragea Jonathan.

Alors que les enfants avançaient sous les colonnades, le chant de la flûte se rapprochait. Soudain, Flavia sentit Nubia lui saisir la main.

– Regarde ! murmura Nubia.

Derrière un des étals, se tenait un Africain, petit et assez beau garçon. Sa peau était brun foncé, comme celle de Nubia, et il avait les mêmes yeux d'ambre. Il jouait d'une petite flûte de bois.

Les trois amis s'arrêtèrent. Sur un tissu de soie bleue, étaient exposées des flûtes de toutes formes et de toutes couleurs. Quand le flûtiste les vit, il posa son instrument et leur adressa un sourire qui dévoila des dents d'une parfaite blancheur. Il parla à Nubia dans un langage doux et agréable à l'oreille.

Le visage de Nubia s'éclaira et elle répondit dans la même langue. Ils entamèrent une conversation. Flavia et Jonathan les regardaient avec étonnement. Quand elle employait sa langue maternelle, Nubia semblait être une autre personne, plus confiante et fière.

Nubia et le jeune homme bavardèrent ainsi pendant quelques minutes puis la jeune esclave désigna une des flûtes. La même que celle avec laquelle il venait de jouer. Le garçon eut un sourire navré et lui dit encore quelques mots. Puis il se tourna vers Flavia et Jonathan.

– Elle veut la flûte en bois de lotus qui vient de mon pays. Elle est très chère. Elle coûte cent sesterces. Une pièce d'or.

Flavia s'étrangla. Cent sesterces représentaient un mois de salaire pour un soldat.

– Viens, Nubia, dit-elle. Tu pourras revenir un autre jour pour discuter avec ce garçon.

Nubia suivit les autres vers le bureau du capitaine du port. Elle ne se retourna qu'une fois vers le jeune homme.

– Avitus ? brailla le capitaine du *Triton* à Flavia et ses amis, une heure plus tard. Il ne ferait pas de mal à une mouche. Bon, c'est vrai que c'est un drôle de bonhomme. Il écrit des poèmes, à propos de dauphins, de vagues et de sirènes. Il passe du rire aux larmes en moins de temps qu'il n'en faut pour le dire. Il adorait sa petite fille. Je n'ai jamais vu quelqu'un aussi affecté par la mort d'une enfant.

Flavia, Jonathan et Nubia l'écoutaient debout sur la jetée de la marina. Le *Triton* était en pleine réparation. Ils n'avaient pas réussi à voir Poplicola, le capitaine du port, mais un portier des bureaux du port leur avait donné le nom du bateau sur lequel Avitus naviguait et où il était amarré. Le capitaine Alga était perché à mi-hauteur du mât de son bateau mais il parlait si fort que les enfants l'entendaient malgré le claquement des haubans, le ressac contre la jetée, les cris et les coups de marteau des marins.

– Vous l'avez vu récemment ? cria Flavia.

– Non, cria le capitaine, il est en congé jusqu'à demain. Et après on repart en Sicile. On a été coincés ici pendant deux semaines, le temps de changer le mât. On avait perdu l'autre pendant une tempête. La pire tempête que j'avais jamais vue. J'ai vraiment cru qu'on allait rejoindre le royaume de Neptune, si vous voyez ce que je veux dire. On a tous remercié nos dieux, quels qu'ils soient, mais Avitus avait à peine mis pied à terre qu'il apprenait la mort de sa fille. Je peux vous dire que ce jour-là, il a regretté de ne pas avoir été englouti dans la tempête ! Pauvre gamine...

Le capitaine aurait continué sur sa lancée, mais Flavia le remercia précipitamment et entraîna les autres vers la jetée.

– Eh bien, il ne semble pas considérer Avitus comme un personnage dangereux, réfléchit Flavia. Libertus l'a pourtant vu courir avec ce sac et...

Elle se tut, perdue dans ses pensées.

Un bateau de pêche venait d'accoster et les marins déchargeaient la cargaison de la journée.

En équilibre sur l'étroite planche d'embarquement, deux hommes minces, à la peau brune, uniquement vêtus de pagnes, descendaient de lourds paniers pleins de poissons brillants. L'un d'entre eux glissa et faillit tomber, mais il reprit son équilibre et sauta gracieusement sur la jetée pendant que l'autre le rejoignait tout naturellement.

Nubia regarda la planche et frissonna. Elle se rappelait la première fois où elle avait été obligée de monter sur un bateau à Alexandrie. Venalicius avait fait claquer son fouet et les avait poussées vers une mince planche de bois qui reliait le quai et le bateau. La planche s'était relevée et était tombée au moment où Shanakda, une jeune fille de sa tribu, allait s'engager dessus. Elle avait hurlé de terreur et refusé de monter. Sans prévenir, Venalicius, furieux, lui avait ôté son collier de fer et l'avait poussée dans l'eau. Sans lui détacher les mains.

Nubia n'oublierait jamais l'eau entrant dans la bouche de Shanakda, la réduisant au silence pour toujours. Tous les esclaves s'étaient calmés après ça. Ils avaient obéi comme un troupeau de moutons pendant tout le voyage.

Nubia frissonna de nouveau et sentit le bras de Flavia autour de son épaule.

– Je sais que tu n'aimes pas les bateaux, Nubia, murmura-t-elle. Nous rentrons à la maison maintenant...

Mais au moment où ils tournaient à gauche pour retourner vers la porte de la marina, le cœur de Nubia se mit à battre à tout rompre. Trois hommes, à la carrure imposante, se dirigeaient vers eux d'un pas nonchalant. La jeune fille les reconnut immédiatement. Leurs visages apparaissaient régulièrement dans ses cauchemars. C'étaient les acolytes de Venalicius.

Nubia s'arrêta net et jeta un regard apeuré autour d'elle. La seule issue qui se présentait était l'eau qui miroitait sous les reflets du soleil. Le bateau d'esclaves, le *Vespa*, venait tout juste d'accoster. Elle aurait reconnu cette coque rayée de noir et jaune n'importe où. Sur le bateau, Venalicius lui lança un regard mauvais de son œil valide.

– Courez, courez de toutes vos forces, cria Nubia.

Elle saisit le poignet de Flavia.

– Venalicius nous a vus et il a envoyé ses hommes pour nous capturer.

– Quoi ? Qu'est-ce que tu dis ? demanda Flavia en fronçant les sourcils.

Nubia se rendit compte qu'elle avait utilisé sa langue maternelle. Elle essaya de se rappeler le mot latin pour courir mais elle ne parvenait pas à se concentrer.

Les hommes n'étaient plus maintenant qu'à quelques pas. L'un d'entre eux ne la quittait pas du regard. Il arborait un sourire vicieux.

Désespérée, Nubia les montra du doigt, puis désigna Venalicius.

Flavia vit le marchand d'esclaves les regarder et comprit immédiatement.

– Cours, Jonathan, cours !

Elle lui attrapa le bras et commença à courir.

Ils tournèrent et revinrent sur leurs pas jusqu'au port, loin de la porte de la marina, Flavia en tête, suivie de Nubia et de Jonathan.

– Pourquoi on court ? cria Jonathan, en sautant par-dessus un filet de pêche roulé.

– Les hommes de Venalicius sont après nous !

Flavia évita un marin.

– C'est qui, Venalicius ?

– Le marchand d'esclaves, cria Flavia. S'il nous attrape, il nous vendra de l'autre côté du monde, où personne ne pourra nous retrouver.

Elle les fit contourner une charrette à demi chargée, les entraîna sous un étal vide, dépassa le bâtiment des thermes de la nouvelle marina.

– Est-ce qu'ils nous suivent encore ? demanda-t-elle par-dessus son épaule.

– Oui, répondit Jonathan, hors d'haleine.

Flavia commençait à avoir mal à la cheville et la respiration de Jonathan se faisait de plus en plus sifflante. Elle devait trouver un moyen de les sortir de ce mauvais pas, et vite. La jetée était sur la droite. S'ils se dirigeaient de ce côté, ils seraient piégés. De l'autre côté se dressaient les entrepôts en brique, mais c'était de nouveau une voie sans issue. La plage s'étendait devant eux, mais elle n'offrait aucun abri.

Jonathan s'écria soudain :

– Je sais où nous pouvons nous cacher ! Suivez-moi !

Il prit un virage et remonta en courant une étroite ruelle entre les deux derniers entrepôts du port. L'allée était sombre, elle sentait l'urine et le vomi à plein nez. Le sol, couvert de carcasses de poisson pourri et de détritus de toute sorte, glissait dangereusement.

Flavia espérait de tout son cœur que Jonathan savait ce qu'il faisait.

Si ce n'était pas le cas, si les hommes de Venalicius parvenaient à les capturer, ils finiraient tous les trois enchaînés dans la cale du *Vespa* dès ce soir.

14

En prenant garde de rester dans l'ombre, Lupus suivit Avitus sans un bruit jusqu'à une rue bordée de maisons de brique hautes de trois ou quatre étages. Les rez-de-chaussée étaient tous occupés par des échoppes de une pièce où des artisans fabriquaient des cordes, des toiles de voile et des articles de vannerie. Toutes étaient d'ailleurs fermées, car les vendeurs étaient rentrés chez eux en attendant que l'air se rafraîchisse.

Entre deux boutiques, au bout de la rue, près du théâtre, s'ouvrait un étroit passage. Un rideau de perles en protégeait l'entrée et sur le linteau avait été peint un œil égyptien. Une demi-douzaine de chats, à moitié sauvages, très maigres, dormaient au soleil près du rideau. Ils s'enfuirent à l'arrivée d'Avitus, qui poussa le rideau et disparut.

Lupus connaissait presque tout le monde dans la ville et il savait qui était la femme qui vivait dans cette minuscule chambre, derrière le rideau de perles. C'était une voyante égyptienne qui se faisait appeler Hariola.

Plus silencieux qu'un serpent, Lupus traversa la rue et s'approcha du rideau. Puis, se faisant aussi petit que possible, il s'assit dans l'ombre projetée sur le sol par la devanture du magasin d'à côté.

Personne ne ferait attention à lui, et quand bien même, il n'était qu'un jeune mendiant assoupi. Il dressa l'oreille, mais s'il distinguait la voix d'Avitus du croassement d'Hariola, il ne comprenait pas un mot de ce qu'ils se disaient. Le silence se fit un instant. Lupus imagina la voyante en train de triturer les entrailles d'un poulet ou de regarder dans un quelconque objet sacré. Lorsque la voix de la femme se fit de nouveau entendre, elle était forcée et dramatique. L'homme se mit à crier, et cette fois Lupus entendit ce qu'il disait :

– Vous mentez ! Vous inventez !

Les perles s'écartèrent d'un seul coup et Avitus sortit. Immédiatement, derrière lui, apparut la voyante qui dégageait une forte odeur de musc bon marché.

– Et mon argent ? siffla-t-elle. Vous me devez trois sesterces !

Lupus n'osa pas tourner la tête pour regarder. Il entendit les pas d'Avitus qui s'éloignaient et la voix grinçante d'Hariola :

– Si vous n'offrez pas un sacrifice au dieu Anubis, l'esprit de votre fille ne sera jamais en repos.

Et elle ajouta, après un silence :

– Que les dieux vous maudissent.

Puis elle murmura quelques mots dans un langage inconnu de Lupus. Dès qu'elle eut disparu derrière le rideau, Lupus courut pour retrouver la trace d'Avitus.

Après avoir quitté la voyante, Avitus entra dans la première taverne qu'il croisa. Lupus arriva au coin de la rue, juste à temps pour le voir pousser la porte. C'était une auberge que Lupus connaissait bien et il hésita un instant avant de suivre Avitus.

À l'intérieur de la taverne de la Méduse, régnait une odeur de vin aigre et de soupe de poisson. À mesure que ses yeux s'accoutumaient à l'obscurité, Lupus aperçut plusieurs buveurs affalés sur les tables. Avitus se tenait au bar. Il finissait son premier verre.

Lupus prit une coupe de vin vide et s'assit en tailleur sur le sol poussiéreux. Il la tendit devant lui, puis pencha la tête pour paraître plus pathétique. Il n'avait pas espéré gagner quoi que ce soit, mais son gobelet contenait déjà trois pièces de cuivre quand Avitus, apparemment un peu éméché, se fraya un chemin vers la sortie de la taverne.

Lupus suivit Avitus comme son ombre, d'une auberge à l'autre, jusqu'aux docks. Quand il arriva près de l'embouchure du fleuve, Lupus avait déjà gagné deux sesterces.

Le Grain et le Vin était la taverne préférée des soldats d'Ostia : elle se trouvait tout près de leur caserne. Toute une cohorte romaine se relayait pour patrouiller dans les rues de la ville. Six cents soldats travaillaient dur pour faire régner l'ordre, respecter la loi et éteindre les incendies. Beaucoup occupaient leurs moments de détente dans les tavernes du front de mer, avec une coupe de vin épicé et un jeu de dés.

Un groupe de soldats en relâche jouaient d'ailleurs avec des civils à une table qui donnait sur le port. Contrairement aux autres tavernes dans lesquelles Avitus était entré, celle-ci était claire et aérée. De larges fenêtres s'ouvraient sur la Méditerranée d'un côté et sur l'embouchure du Tibre de l'autre. La première brise du soir, que les marins appelaient la brise de Vénus, commençait à se lever. Elle apportait la délicieuse fraîcheur de la mer à l'intérieur de la taverne.

Les joueurs réclamèrent d'une voix forte des saucisses grillées et du vin au miel. Lupus estima qu'ils étaient d'humeur idéale pour se montrer généreux. Ç'aurait été une honte de rater une telle occasion.

La tête basse, le petit mendiant s'approcha de la table des soldats et leur tendit son gobelet d'un air malheureux. La plupart y jetèrent leur menue monnaie et un des civils y déposa la moitié d'une saucisse. Satisfait, Lupus s'assit sur le sol en terre battue.

Avitus n'avait pas bougé. Il était toujours appuyé au bar et se servait du vin. C'était son neuvième ou dixième verre en moins de deux heures.

Lupus vida l'argent dans la bourse de toile de sa ceinture, ne laissant qu'une pièce – une en entraînait toujours d'autres –, et remit le gobelet devant lui. Il commença à mâcher sa saucisse avec précaution.

Il repensa au portrait d'Avita. Il revoyait la manière dont l'artiste avait ajouté une très légère touche de blanc dans chaque œil, pour les faire briller et leur donner de la vie. Il se demanda comment avaient été fabriquées ces peintures et où les peintres apprenaient leur métier. En Grèce, comme les potiers ? À Alexandrie, comme les fabricants de verre ? À Éphèse, comme les joailliers ?

Il admirait une fresque de Bacchus et Cérès, sur le mur face à lui, quand une bagarre éclata à la table voisine. Un soldat et son jeune partenaire, un civil, se disputaient.

Le soldat, large d'épaules, saisit le civil par sa tunique, le poussa contre la table et lui hurla des menaces. Les autres clients riaient et firent comme si de rien n'était, mais Lupus voyait ce qu'ils ne pouvaient pas voir : le glaive du soldat qui brillait sous la table.

Quelques gouttes rouges tombèrent sur le sol. Lupus se raidit. Mais ce n'était que du vin ; le gros soldat avait renversé la coupe du civil.

Le jeune homme murmurait maintenant au soldat des paroles incompréhensibles. Lupus tendit l'oreille.

– À la maison du capitaine Geminus, sifflait le jeune homme, je le jure, un immense trésor, je te promets, j'aurai l'argent, je te le rendrai demain.

Un immense trésor ?

Lupus n'avait jamais rencontré le père de Flavia mais il connaissait son nom et sa profession. Il ne pouvait y avoir deux capitaines Geminus à Ostia.

Le colosse avait lâché le jeune homme. Du coin de l'œil, Lupus le vit se détendre et se rasseoir sur son banc. Il était bien habillé et, à en juger par sa voix, plutôt de bonne famille : c'était sans doute un jeune patricien[1] qui gaspillait son héritage au jeu. Dans dix ans, il serait ruiné.

Le soldat ressemblait à la statue d'Hercule qui se trouvait sur le port. En plus gros et plus laid.

– Demain, gronda-t-il en glissant de nouveau son glaive dans son fourreau.

Soudain Lupus se rappela la raison de sa présence dans cette taverne ; il jeta un œil vers le comptoir.

Mais Avitus était parti.

1. Homme appartenant aux classes les plus aisées de Rome.

15

Jonathan courait dans l'allée, suivi de Flavia et Nubia. Il réfléchissait à toute vitesse. Derrière cet entrepôt, la jetée s'arrêtait pour laisser place à la plage. À côté se trouvait la synagogue. Bien que sa famille n'y ait pas mis les pieds depuis plusieurs mois, il la connaissait comme sa poche. Si seulement ils pouvaient y arriver avant que les hommes de Venalicius ne les attrapent…

– Tu les vois encore ? demanda-t-il à Flavia d'une voix étranglée.

Il lui était de plus en plus difficile de respirer.

– Non, l'entendit-il répondre. Et puis : Oui, je les vois !

Jonathan faillit glisser mais le bras de Flavia le retint de justesse.

– Merci, murmura-t-il, le souffle court.

Un instant plus tard, les trois amis sortaient de l'allée et manquèrent de se faire renverser par un char à deux chevaux. Ils étaient arrivés sur la route principale.

– Hé, regardez où vous allez! hurla le conducteur en colère, en essayant de calmer ses chevaux.

– Désolé, lança Jonathan.

Ils descendirent la rue en courant, doublèrent une carriole grinçante tirée par une mule et manquèrent de trébucher sur trois esclaves qui faisaient la sieste à l'ombre d'un entrepôt.

Jonathan savait exactement quel chemin prendre. Quand il allait à l'école de la synagogue, lui et son ami David avaient découvert un raccourci par l'arrière-cour. Ils grimpaient à une branche du figuier le long du mur, et sautaient sur un tas de pierres laissé là par les maçons. Si ce tas de pierres n'avait pas bougé, ils étaient sauvés. Une fois à l'intérieur de la synagogue, même si les hommes les suivaient, Jonathan connaissait des milliers de cachettes.

– Mon Dieu, je vous en prie, faites que le tas de pierres n'ait pas été déblayé, pria-t-il silencieusement.

Ils tournèrent au coin de la rue et Jonathan laissa échapper un soupir de soulagement. Bien qu'à moitié dissimulées par les mauvaises herbes, les pierres étaient toujours là.

Jonathan piqua un sprint à travers une courte étendue de sable, atteignit le tas de pierres et grimpa sur le mur en quelques secondes. À cheval sur le muret, il essayait de reprendre sa respiration tout en aidant Flavia et Nubia à le rejoindre.

– C’est haut, remarqua Flavia avec inquiétude en regardant la cour de l’autre côté du mur.

– Plus loin… Figuier…, siffla Jonathan, puis descendre…

Nubia tendit les bras de chaque côté comme un élégant danseur de corde et se dirigea rapidement vers l’arbre. Flavia la suivit en trottinant. Nubia avait déjà atteint l’arbre et était habilement descendue le long du tronc, quand il restait encore à Flavia la moitié du chemin à parcourir.

– Dépêche-toi, Flavia, la pressa Jonathan d’une voix éteinte en se mettant debout sur le mur.

– Je fais ce que je peux, marmonna-t-elle entre ses dents.

Elle s’étira, attrapa une branche et se laissa aller. Elle resta un instant pendue au figuier, puis tomba dans la cour.

– Ohhhhh, cria-t-elle, ma cheville !

Jonathan jeta un œil en bas. Le visage des filles lui semblait minuscule. Il fut pris de vertige, l’air lui manquait, mais il avait parcouru ce chemin des dizaines de fois. Un dernier pas et il serait sauvé.

Il avança. Un pas puis un autre. Le truc, c’était de ne pas regarder en bas et de garder les yeux fixés sur un point à l’horizon.

Un autre pas. Il y était presque.

Soudain, il entendit un cri à sa gauche et tourna la tête. Les trois hommes de main de Venalicius venaient d'apparaître au coin de la maison et l'avaient vu. Ils couraient vers lui.

Il n'aurait pas dû regarder. Il perdit l'équilibre. Battant frénétiquement des bras, il poussa un cri et tomba du mur.

Flavia cria en même temps que Jonathan, mais par miracle, le garçon avait d'une main réussi à saisir une branche. Il se balança un instant au milieu des feuilles. Un oiseau noir, endormi là, s'envola à tire d'ailes en poussant un cri d'avertissement. Jonathan attrapa une branche de son autre main et resta pendu un instant, la respiration coupée, incapable de faire un mouvement de plus.

Un nouveau cri perçant s'éleva. Cette fois, c'était Nubia.

Un faciès hideux était apparu au-dessus du mur. C'était un des hommes de Venalicius.

Les trois enfants fixèrent le visage, comme hypnotisés : le nez de l'homme était cassé et il louchait. Un de ses yeux semblait regarder Jonathan, l'autre était férocement tourné vers les filles.

Soudain, ces affreux yeux s'écarquillèrent.

Flavia et Nubia se retournèrent et poussèrent un nouveau hurlement.

Un homme, vêtu d'une longue robe noire et coiffé d'un turban de la même couleur, s'approchait.

Pendant une seconde, Flavia le prit pour Mordecaï. Puis elle se rendit compte que l'homme portait une longue barbe. Il était également plus grand, plus carré et avait l'air beaucoup plus sévère. L'acolyte de Venalicius disparut aussitôt derrière le mur de la synagogue.

L'homme en noir jeta un regard froid aux jeunes filles puis se tourna vers Jonathan, toujours accroché aux branches du figuier.

– Shalom Jonathan, prononça-t-il d'une voix sèche.

Puis il marcha vers le garçon et ajouta quelques mots en hébreu.

– Shalom, Rabbi, siffla Jonathan.

Il lâcha la branche et tomba dans les bras de l'homme. Le rabbin le posa doucement sur le sol. Jonathan essayait de retrouver sa respiration.

Le rabbin demanda aux jeunes filles d'un ton glacial :

– Que faites-vous là ?

Il avait parlé latin.

– Je suis désolée, monsieur, répondit Flavia, nous étions poursuivis et…

– J'ai vu, coupa le rabbin.

Il regarda Jonathan.

– Ce garçon n'est pas le bienvenu à la synagogue, lâcha-t-il laconiquement. Son père enseigne des mensonges qui ont perturbé plus d'un membre de notre communauté.

Jonathan respirait de l'huile de camphre.

Le visage du rabbin se radoucit une fraction de seconde.

– C'est déjà assez difficile pour nous, ajouta le rabbin, sans que nous soyons confondus avec ces… Il hésita. Ces chrétiens* !

Flavia regarda Jonathan, stupéfaite.

– Tu es chrétien ?

Jonathan acquiesça à contrecœur.

Nubia saisit la tunique de Flavia.

– Ça veut dire quoi, « chrétien » ? demanda-t-elle.

– Je te le dirai plus tard, lui répondit Flavia avec un sourire nerveux.

Jonathan se tourna vers l'homme en noir.

– Je suis désolé, Rabbi, supplia-t-il, nous n'avions pas d'autre endroit où nous cacher.

Le visage du rabbin se détendit.

– Je suppose que je ne peux pas te reprocher les errements de ton père. De plus, le Maître de l'Univers, qu'il soit béni, nous recommande l'indulgence et le pardon…

Il tira sur sa barbe.

– Cependant, tout le monde ne sera pas aussi compréhensif si ta présence en ces lieux est connue. Tu dois partir immédiatement.

Jonathan approuva.

– Bien sûr. Nous partons.

– Un instant…

Le rabbin posa une main sur l'épaule de Jonathan.

– Laisse-moi m'assurer que vous ne craignez plus rien.

Il déverrouilla la double porte du côté est de la cour et jeta un œil à l'extérieur.

– Ils semblent partis, dit-il en ouvrant les portes en grand.

Il posa la main sur la tête de chacun des enfants et murmura une bénédiction.

– Allez en paix, lança-t-il d'un ton bourru, et ne traînez pas !

La porte de la synagogue se referma derrière eux. Jonathan se tourna vers Flavia.

– On prend de quel côté ?

– Ils nous attendent peut-être sur les docks.

Jonathan hocha la tête.

– Si nous voulons être chez nous au plus vite, nous devons couper par les dunes et traverser le cimetière.

– Et si on rencontre encore les chiens sauvages ? s'inquiéta Flavia.

– Tu préfères quoi ? lâcha Jonathan en commençant à marcher. Les hommes de Venalicius ou quelques chiens ?

– Quelques chiens, je suppose…

– Pourquoi ne nous as-tu pas dit que toi et ta famille étiez chrétiens ? demanda Flavia à Jonathan pendant qu'ils marchaient dans les dunes. Je croyais que vous étiez juifs.

Le soleil projetait leurs ombres devant eux et une brise tiède agitait leurs tuniques. Après un moment d'hésitation, Jonathan répondit :

– C'est difficile à expliquer. Nous sommes juifs mais Christus est le nom latin pour notre messie, c'est pourquoi on nous appelle les chrétiens.

Flavia reprit à voix basse :

– J'ai entendu dire que les chrétiens mangeaient leurs dieux et mon père m'a dit qu'ils avaient brûlé Rome l'année de ses seize ans.

– C'est faux, répliqua Jonathan, tout le monde sait que Néron* a accusé les chrétiens pour ne pas prendre ses propres responsabilités ; les chrétiens sont pacifiques. Nous apprenons l'amour de notre prochain et nous prions aussi pour nos ennemis.

– Pour vos ennemis ?

– Nous essayons, soupira Jonathan.

– Mais est-ce que ce n'est pas dangereux d'être chrétien ?

– Si, très. Nous n'avons pas de lieu de culte parce que la plupart des gens nous détestent.

Il escalada une dune, sa respiration redevint un peu sifflante, puis il ajouta amèrement :

– Ils n'essaient même pas de savoir en quoi nous croyons.

Flavia était sur le point de demander à Jonathan en quoi il croyait quand il s'arrêta net.

– Oh oh, dit-il calmement.

Ils avaient traversé les dunes. Le cimetière était devant eux.

– Les voilà.

En trottinant dans la chaleur, comme de vieux amis venus les accueillir, sept chiens haletants venaient à leur rencontre. Les trois enfants s'arrêtèrent et regardèrent autour d'eux. Mais ils étaient au milieu des dunes. Aucune cachette ne s'offrait à leur vue.

16

Lupus se rua à l'extérieur de la taverne et faillit entrer en collision avec Avitus, plié en deux sur la rue. Le garçon recula d'un bond pour ne pas être aspergé de vomi. Avitus ne réalisa même pas que le mendiant s'était trouvé dans la chambre de sa fille le matin même. Il n'aurait pas remarqué une sirène montée sur un centaure[1]. Il était terriblement malade.

Lupus revint sur ses pas et se cacha derrière une statue de l'empereur Claudius[2].

Avitus continua de vomir jusqu'à ce qu'il n'ait plus que de la bile. Il se redressa, pâle et hagard, ses gros sourcils formaient plus que jamais une barre au-dessus de ses yeux. Il essuya la sueur de son front et prit la direction du nord, vers le nouveau port impérial.

C'était un très bel après-midi. Le ciel était bleu azur. L'air se rafraîchissait et le port revenait à la vie. La brise de

1. Créature mythologique, moitié cheval, moitié homme.
2. Empereur romain qui construisit le nouveau port à quelques kilomètres d'Ostia.

Vénus avait poussé la mer en amont de l'embouchure du fleuve, ce qui lui donnait une teinte saphir. Les voiles des bateaux allaient et venaient sur l'eau, triangles blancs et jaunes sur le bleu de la mer.

L'air était si clair que chacune des briques du phare au loin se détachait sur le ciel du soir. Lupus en remarquait la structure pour la première fois. La tour ressemblait à trois énormes dés empilés, du plus petit au plus grand. Un ruban de fumée s'élevait de la plate-forme cylindrique du dessus et s'éloignait dans le ciel.

Avitus aussi semblait regarder ce phare comme s'il le voyait pour la première fois. Il se dirigea vers le bateau-navette qui traversait le Tibre jusqu'au nouveau port. Lupus était sûr que le père d'Avita avait décidé de se rendre au phare. Et il pensait même en avoir deviné la raison.

– Asseyez-vous sur le sable, ordonna Flavia à ses amis.

Les chiens approchaient lentement.

– Nous asseoir ? Tu es folle !

La voix de Jonathan trahissait son angoisse.

– Une meute de chiens sauvages se dirige droit sur nous, prêts à nous réduire en pièces et toi, tu veux que l'on s'assoie !

– C'est ce que Pline recommande, expliqua Flavia. Je l'ai lu dans ce livre d'histoire naturelle que ton père m'a prêté. D'après Pline : « Une attaque de chiens en colère peut être évitée si l'on s'assoit calmement sur le sol. »

– Chiens pas en colère, dit Nubia.

– Que veux-tu dire par « chiens pas en colère » ? cria Jonathan. Ils sont sauvages, enragés, fous, prêts à nous tuer !

Il prit sa fronde dans sa ceinture. Nubia posa la main sur son bras.

– Non. Pas de pierres. Après, chiens en colère.

Jonathan hésita et chercha du regard l'avis de Flavia. Les chiens n'étaient plus qu'à quelques pas.

– Jusqu'à présent, elle ne s'est jamais trompée, souffla Flavia. Faisons-lui confiance.

Elle s'arrêta.

– Et faisons également confiance à Pline, asseyons-nous.

Flavia s'assit en tailleur sur le sable. Les autres l'imitèrent. Jonathan ferma les yeux et se mit à marmonner dans sa langue maternelle. Flavia comprit qu'il priait.

Les chiens étaient maintenant si proches que les trois enfants voyaient l'éclat de leurs yeux et le rose de leur langue. Le chef de meute avait un objet dans la gueule. Flavia n'osait pas regarder. Elle commença par fermer les paupières mais ne put s'empêcher de les entrouvrir de nouveau. L'objet ressemblait à un bras de bébé ou à un os de jambe.

Elle referma les yeux et attendit l'inévitable assaut, les morsures, le sang. Elle entendait leur halètement et sentait leur haleine. Elle étouffa un cri en sentant les truffes humides contre sa peau. Mais elle ne ressentit aucune douleur.

Flavia ouvrit un œil, puis l'autre. Le nouveau meneur, un chien brun aux oreilles pointues, grogna sourdement. Il avait lâché l'objet mystérieux sur le sable et les observait en remuant la queue.

– Un morceau de bois ! s'écria Flavia. Ce n'est qu'un morceau de bois !

Elle comprit soudain.

– Ils veulent que nous jouions avec eux !

– C'est ce qu'ils voulaient depuis le début, confirma Jonathan en riant.

Nubia rit à son tour.

– Et on croyait qu'ils voulaient nous tuer !

Des larmes de soulagement coulaient sur les joues de Flavia. Elle s'agenouilla et ramassa la branche. Le meneur dressa les oreilles, en attente. Flavia se redressa et la jeta aussi loin qu'elle put vers la ligne bleue de la mer, derrière les dunes.

Les chiens partirent comme des flèches, en aboyant joyeusement.

– Allons-y ! lança Jonathan en riant.

Les jambes encore tremblantes, il aida Nubia à se relever.

Les trois enfants coururent aussi vite que possible, loin des chiens, vers le cimetière.

Mais, avant qu'ils aient atteint les abords de Necropolis, les chiens les avaient rejoints.

Une fois encore, le meneur lâcha le morceau de bois. Flavia le saisit un peu trop vite. Le mastiff montra les crocs, avança la gueule et faillit happer la main de Flavia.

– Oh ! s'écria-t-elle, je lui ai fait peur.

Nubia s'approcha doucement.

– Laisse Nubia faire.

Elle prit prudemment le bâton et le jeta à toutes forces vers la mer. Les chiens partirent encore une fois. Mais les enfants avaient à peine avancé que les chiens étaient de nouveau autour d'eux.

Flavia se mordit la lèvre.

– Ça commence à ne plus être drôle. À ce rythme, il va nous falloir des heures pour rentrer.

– Et le soleil est en train de se coucher, ajouta Jonathan, dont la respiration sifflait de nouveau. Mon père va me tuer.

– T'inquiète, les chiens t'auront dévoré avant, plaisanta Flavia.

Jonathan sourit.

C'était à son tour de jeter le bâton. Il le prit doucement et le secoua un peu pour en ôter la salive.

– Est-ce que Pline parle de bave de chien ou pas ? demanda-t-il en fronçant le nez de dégoût.

Les chiens s'impatientaient. Le meneur grogna.

– Nubia a une idée, lança soudain la jeune esclave.

Quand Lupus fut sur le point de se glisser derrière le portail du muret qui entourait le phare, un des gardes qui jouaient aux dés releva la tête.

– Hé, toi ! hurla-t-il en se levant brusquement, débarrasse le plancher !

Les autres gardes levèrent la tête à leur tour avec un air de profond ennui.

Lupus poussa un grognement de protestation et montra le phare du doigt. Avitus avait emprunté le même chemin sans se faire repérer quelques instants plus tôt. Les soldats, pris par leur jeu, ne l'avaient pas remarqué.

– Va-t'en, j'ai dit !

Le soldat s'approcha et colla son visage contre celui de Lupus. Son haleine sentait l'ail et sa tunique la sueur.

Lupus baissa les bras et écarquilla les yeux comme s'il était surpris. Il montra encore une fois le phare. Le garde finit par se retourner mais Avitus venait de disparaître dans la tour.

Lupus prit un air résigné et commença à tourner les talons. Soudain, il s'élança, sauta par-dessus la barrière et courut vers le phare.

Il était rapide, mais le garde le fut plus encore. Il attrapa Lupus par la ceinture, lui coupant le souffle. Les deux autres gardes s'approchèrent.

– Écoute-moi, moustique, prévint Haleine-à-l'ail en soulevant Lupus, je vais compter jusqu'à dix et quand j'aurai fini, je ne veux plus voir ton petit nez de fouine traîner par ici ! Sinon, je te jette dans le port. Compris ?

Il laissa tomber le garçon sur les dalles de la jetée.

Lupus se retrouva à quatre pattes. Il acquiesça. Il lança un rapide coup d'œil vers le phare. Normalement, il aurait dû y avoir des esclaves tout en haut pour alimenter le feu, mais il ne vit personne. La brise de mer poussait le ruban de fumée vers la ville. D'où il était, le phare parut immense à Lupus.

Soudain, la silhouette d'Avitus apparut au deuxième étage.

Lupus se mit à trembler et essaya de montrer le phare de nouveau, mais le soldat avait déjà commencé à compter :

– Six, sept, huit…

– Attends, Grumex ! l'interrompit un autre garde. Je viens de voir quelqu'un dans le phare.

Haleine-à-l'ail se retourna mais Avitus avait de nouveau disparu. Les gardes observèrent un instant la haute tour de brique, guettant un mouvement. Hormis la fumée qui ondulait très loin au-dessus d'eux et quelques mouettes, ils ne virent rien. Lupus entendait les vagues heurter la jetée. Les embruns lui mouillaient la joue.

– N'importe quoi ! grogna Grumex au bout de quelques secondes.

Mais il ne semblait plus aussi sûr de lui.

– Je vais quand même aller vérifier, ajouta-t-il.

Se tournant vers Lupus, il lança méchamment :

– Et toi, dégage !

Lupus reculait quand, derrière lui, une femme portant un filet de pêche poussa un hurlement. Dans le dernier tiers du phare, une silhouette se découpa.

– Un homme ! cria la femme en laissant tomber son filet. Il y a un homme dans le phare et je crois qu'il va sauter !

17

Le chef de meute poussa un grognement. Jonathan laissa tomber le bâton baveux et regarda Nubia.

– C'est quoi, ton idée ?

La jeune esclave ferma les yeux.

Elle s'éclaircit la gorge, prit une profonde inspiration et entonna un chant étrange. Flavia frissonna, les chiens gémirent, un ou deux s'assirent.

Nubia chantait une chanson que son père lui avait apprise : la chanson des chiens. Elle racontait que les chiens avaient autrefois été chacals, loups et renards du désert chassant dans la nuit froide. Elle rappelait aux chiens que leurs ancêtres hurlaient à la lune le désespoir de la solitude et de la faim.

Les chiens se mirent à accompagner Nubia. Jonathan et Flavia échangèrent des regards de stupéfaction.

À présent, la chanson de Nubia racontait la rencontre entre les hommes et les chiens, la découverte pour eux de la chaleur et de la sécurité. Leurs errances remplacées par la possibilité de se pelotonner au coin d'un feu, le ventre plein, près d'un maître aimant.

Les chiens avaient cessé de hurler, certains s'étaient couchés sur le sol, la langue pendante, les yeux mi-clos. Les autres étaient assis. Le meneur gémit mais resta ferme sur ses quatre pattes, comme s'il sentait son pouvoir diminuer.

Mais Nubia chantait la chaleur et l'amour, la loyauté et la dévotion, et il finit par s'allonger à son tour, posa son museau sur ses pattes et écouta.

Éclairée par le soleil couchant, la mer avait la couleur du vin. Lupus se dit que ses amis devaient l'attendre depuis longtemps, mais il ne pouvait quitter les abords du phare.

Une foule était maintenant rassemblée autour de l'édifice. Le phare se découpait, sombre, sur l'horizon rouge sang, et le panache de fumée qui se dégageait de sa cheminée était plus noir que l'encre.

Plus de cent pieds au-dessus d'eux se découpaient deux minuscules silhouettes. L'une était en équilibre tout au bord de la plate-forme. L'autre, celle du soldat, restait en retrait, au même niveau. À chaque fois qu'il essayait d'avancer, l'homme s'avançait à son tour comme pour sauter, et la foule retenait son souffle.

Un centurion[1] se fraya un chemin parmi les badauds, demandant si quelqu'un connaissait l'homme. Lupus

1. Soldat dans l'armée romaine, qui commandait une centaine d'hommes.

pensa attirer son regard, mais à quoi bon ? Même s'il parvenait à communiquer avec lui, que lui dirait-il ? Que l'homme se nommait Avitus ? Qu'il était désespéré, persuadé d'être responsable de la mort de sa petite fille, et qu'il avait bu tout l'après-midi ?

Lupus pencha la tête au passage du centurion, mais il n'avait pas besoin de se donner cette peine. Le soldat ne l'avait même pas remarqué.

Soudain, la foule entière se crispa. Lupus leva les yeux. Au-dessus d'eux, le soldat s'approchait d'Avitus, la main tendue.

C'est à ce moment précis que la frêle silhouette, en équilibre instable sur le rebord, pencha silencieusement en avant et tomba. La foule poussa un cri. La silhouette heurta le rebord du premier étage du phare, rebondit et s'écrasa comme une poupée de son sur le ciment de la jetée.

Chantonnant doucement, Nubia se fraya prudemment un passage entre les chiens. Flavia et Jonathan lui emboîtèrent le pas. Résistant à l'envie de courir, les trois amis avancèrent dans Necropolis, hantée à cette heure tardive par d'étranges ombres violettes. Derrière eux, les chiens restaient immobiles, comme hypnotisés. Une des chiennes, qui attendait des petits, les suivit un instant puis revint sur ses pas en lançant un gémissement de regret.

Flavia avait tellement soif qu'elle en avait la bouche sèche. Elle essaya de ne pas penser à la merveilleuse impression qu'elle ressentirait en buvant un verre d'eau. Elle aurait même pu avaler de l'eau de la fontaine verte malgré son goût de moisi.

Les trois enfants remontaient le chemin poussiéreux. Ils croisèrent les trois arbres dont les feuilles brillaient comme des émeraudes dans la lumière du soleil couchant, dépassèrent la clairière où Avita était enterrée, la tombe aux gladiateurs, et continuèrent jusqu'à la porte de la Fontaine-Verte.

Dès qu'ils eurent passé l'arche, ils surent qu'ils étaient en sécurité. Sans un mot, ils coururent jusqu'à la fontaine au milieu du carrefour et plongèrent leur visage poussiéreux dans l'eau froide. Puis, chacun à un robinet, ils burent longuement. Flavia n'avait jamais bu une eau aussi délicieuse.

Ils s'arrêtèrent enfin et reprirent le chemin de la maison, effrayés à l'idée de l'accueil qui les y attendait.

Tournant au coin, ils furent surpris d'apercevoir des soldats en faction devant la porte de Cordius. Un magistrat était en grande discussion avec Libertus. Des passants s'étaient arrêtés par curiosité. Parmi eux, se trouvait le gros marchand à la toge tachée, que Flavia avait vu rire avec Venalicius au forum.

Soudain, Libertus aperçut Flavia.

– Ce sont les enfants dont je vous parlais, s'écria-t-il.

Le jeune affranchi leur sourit et leur fit signe d'approcher.

– Leur chien aussi a été tué, continuait Libertus à l'attention du magistrat, et décapité, comme Ruber !

Il tourna ses yeux bleu sombre vers Flavia.

– Avitus vient de tuer Ruber.

– Ruber ? demanda Flavia. Qui est-ce ?

À ce moment, la porte d'entrée s'ouvrit et deux soldats sortirent. Entre eux marchait le gardien à la tête de fouine qui avait accueilli Flavia et Nubia dans la matinée. Des larmes coulaient sur ses joues maigres. Il portait le corps sans tête d'un chien rouge.

– Ces enfants savent qui a tué le chien, répéta Libertus au magistrat, ils connaissent l'homme qui a assommé mon gardien et tué mon chien de garde. Ils connaissent son nom et possèdent même un portrait de lui sur une tablette de cire.

– Mais…, tenta Flavia.

– Ton chien a été tué aussi ? l'interrompit le magistrat, et tu crois savoir par qui.

C'était un petit homme, le cheveu rare et clair, avec des yeux intelligents.

– C'est-à-dire, commença Flavia qui revoyait Avitus sangloter dans les bras de sa femme, et l'imaginait écrire des poèmes sur les dauphins, nous ne sommes pas sûrs…

– Moi, je crois qu'il est coupable, trancha Jonathan.

– Moi aussi, approuva Libertus. Je l'ai vu s'enfuir de la maison de ce garçon hier. C'est forcément lui qui a tué mon chien. Il ne peut pas y avoir deux assassins de chiens dans la même rue !

Il se tourna vers Flavia.

– Vous avez toujours le dessin ?

Flavia sortit la tablette de sa ceinture et montra le dessin de Lupus au magistrat.

– Il vit en haut de la rue et il s'appelle Publius Avitus Proculus, affirma Jonathan. Sa fille a été tuée par un chien enragé il y a quelques semaines.

– Bien, lança le magistrat au capitaine des soldats, je crois que nous allons rendre une petite visite à ce monsieur. Pouvez-vous nous amener jusque chez lui, jeune homme ?

– Bien sûr, répondit fièrement Jonathan.

Il prit la tête du groupe et s'arrêta devant la porte rouge. Il recula d'un pas pendant que le soldat frappait avec le heurtoir. Petit à petit le groupe s'était tu, personne ne quittait la porte des yeux.

Flavia sentit une main sur son bras.

Elle se retourna, Nubia lui montrait le mûrier. Sur le tronc avait été tracée à la craie une flèche qui indiquait le nord.

– Cela signifie que Lupus a suivi Avitus, murmura Flavia. Je me demande s'il est rentré.

– Qu'est-ce que tu dis ? lui demanda une voix d'homme derrière elle.

Flavia sursauta, puis se détendit en reconnaissant Mordecaï.

– Que la paix soit avec toi, dit-il en se penchant très légèrement en avant comme il en avait l'habitude.

– Où est Jonathan ? demanda-t-il ensuite. Et que se passe-t-il ici ?

– Il n'est pas loin, il accompagne les soldats. Il aide le magistrat. Le chien de Cordius vient d'être tué et décapité.

La porte rouge s'ouvrit soudain et la foule retint sa respiration. Dans la pénombre du soir, Flavia reconnut Julia, la femme d'Avitus. Elle secouait la tête.

Il commençait à faire beaucoup trop sombre pour continuer la moindre enquête. Les esclaves allumaient les lampes dans le voisinage. Le magistrat et les soldats rentrèrent à la caserne.

Mordecaï leur jeta un regard noir.

– Je viens de passer ma journée dans un bureau à entendre répéter qu'il n'y avait rien à faire, grommela-t-il, mais quand le chien de garde d'un homme riche est assassiné, l'enquête commence immédiatement.

– Père, s'écria Jonathan en courant vers Mordecaï.

Il se jeta dans les bras de son père, un peu surpris.

– Père, ne sois pas fâché !

Flavia pinça discrètement le bras de son ami et murmura :

– Ton père vient tout juste de rentrer.

Elle n'avait pas très envie de l'entendre avouer à Mordecaï qu'ils n'avaient pas tenu parole.

– Pourquoi serais-je en colère ? demanda le docteur.

– Euh, pour rien, bafouilla Jonathan, c'est juste que je n'ai pas récupéré notre clé chez Flavia.

Mordecaï jeta un regard perçant à son fils. Flavia ajouta précipitamment :

– Qu'avez-vous découvert en parlant avec le magistrat ?

Le docteur soupira.

– Eh bien, commença-t-il alors qu'ils marchaient en direction de leurs maisons, il m'a affirmé que les chiens d'Ostia n'étaient pas vraiment enragés, seulement un peu sauvages. La plupart sont d'anciens chiens domestiqués et abandonnés par leurs maîtres, ils se sont retrouvés en meute. Un des secrétaires à qui j'ai parlé m'a assuré qu'ils n'étaient pas vraiment dangereux. Il a ajouté que les chiens enragés devenaient solitaires parce que même les autres chiens les craignent.

La rue était vide et, quand ils atteignirent la maison de Flavia, l'obscurité était totale. La porte à double battant de Cordius avait été refermée et verrouillée. Deux torches flambaient de chaque côté, elles éclairaient le porche comme en plein jour.

– Est-ce que nous devrions également allumer nos torches ? demanda Flavia à voix basse.

– C'est inutile, lui assura Mordecaï, Cordius n'a plus de chien de garde, mais toi oui.

Une horrible pensée traversa soudain l'esprit de Flavia et de Nubia au même moment. Elles se regardèrent avec horreur.

– J'espère que nous avons toujours un chien de garde, s'écria Flavia en se ruant sur le portail de sa maison.

18

Flavia frappa de toutes ses forces le heurtoir à l'effigie de Castor sur le Pollux en bronze, en appelant Caudex frénétiquement.

– Écoute ! s'exclama soudain Nubia.

De l'intérieur de la maison, ils entendirent avec un immense soulagement l'aboiement de Scuto.

Un instant plus tard, Caudex ouvrit le petit volet coulissant de la porte et les regarda de son œil éternellement endormi. Ils entendirent les mâchoires de Scuto contre la porte.

– Ouvre, Caudex ! cria Flavia. On a faim et on est épuisés, dépêche-toi.

La porte s'ouvrit enfin et Scuto les accueillit joyeusement, les léchant et remuant la queue. Même Mordecaï eut droit à une langue baveuse. Lorsqu'ils entrèrent dans l'atrium, Alma arrivait, leur reprochant leur retard.

– Qu'est-ce qui vous a pris de rester dehors après la nuit ? cria-t-elle, en serrant Flavia contre elle, j'étais morte d'inquiétude.

Elle embrassa Flavia et commença à se plaindre :

– Caudex était dans tous ses états ! N'est-ce pas, Caudex ?

L'esclave grogna et acquiesça.

– J'ai préparé assez de nourriture pour vous tous, annonça Alma, venez manger pendant que c'est chaud.

Jonathan était resté en retrait pour échapper à l'accueil enthousiaste d'Alma, mais dès qu'elle l'aperçut, elle le serra contre son cœur.

– Où est Lupus ? demanda-t-elle en regardant derrière Mordecaï.

– Il n'est pas encore rentré ? s'inquiéta Flavia.

Alma fronça les sourcils.

– Je ne l'ai pas vu de la journée.

Assis autour de la table, ils finissaient leur soupe quand Scuto aboya, bondit de sous les pieds de Nubia et sautilla vers la porte de la cuisine. Quelques minutes plus tard, il revenait accompagné d'un Lupus épuisé et affamé. Flavia lui approcha une chaise et Alma apporta au garçon un bol de soupe de poulet chaude.

Les autres attendirent que Lupus ait fini pour entamer la tarte au poireau et au poisson.

– Nous avons des tas de nouvelles pour toi, s'exclama Flavia quand Lupus repoussa son bol vide.

Il posa une main sur sa propre poitrine puis désigna Flavia, comme pour dire : « Moi aussi, j'ai des nouvelles pour vous. »

– Tu te rappelles le chien rouge dont nous t'avons parlé, celui que nous avons vu chez Cordius ce matin ?

Lupus acquiesça et avala une bouchée de tarte au poisson.

– Il a été tué cet après-midi, souffla Flavia, et décapité.

– Comme Bobas. Chien de Jonathan, ajouta Nubia.

Lupus manqua de s'étouffer avec sa tarte. Le docteur Mordecaï, qui était assis près de lui, dut lui taper dans le dos.

Quand Lupus eut retrouvé sa respiration, Mordecaï se tourna vers Flavia.

– Vous êtes allés chez Cordius ?

– Oui, Nubia et moi, ce matin. Nous voulions parler à Libertus. Il est notre seul témoin. Il était près de la fontaine juste avant que nous découvrions le corps de Bobas.

– Je me rappelle, acquiesça Mordecaï.

– Oui, il a vu un homme s'enfuir de votre maison avec un sac dans les bras. Ce sac contenait peut-être la tête de Bobas.

– Comme Persée, précisa Nubia.

Flavia poursuivit :

– Nubia et moi sommes allées voir Libertus ce matin et il nous a affirmé que l'homme dessiné sur la tablette était bien celui qu'il avait vu courir. C'était Avitus.

Mordecaï semblait perdu.

– Attends, quel dessin ?

– Celui-ci.

Flavia lui montra la tablette de cire. Elle était très abîmée mais le visage était parfaitement reconnaissable.

– C'est Lupus qui l'a dessiné.

– C'est toi qui as tracé ce portrait ? s'étonna Mordecaï en prenant la tablette. C'est très bon.

– C'est l'homme que nous avons vu pleurer dans le cimetière. Lupus l'avait déjà vu et il l'a dessiné, expliqua Flavia.

– C'est lui qui a tué les chiens, affirma Jonathan.

Lupus émit un bruit étranglé et secoua violemment la tête.

– Que veux-tu nous dire, Lupus ? demanda Flavia. Tu as suivi Avitus aujourd'hui, nous avons vu ta flèche sur l'arbre.

Lupus acquiesça. Tous les regards étaient tournés vers lui.

– A-t-il quitté la maison longtemps après notre départ ?

Lupus montra son pouce et son index très rapprochés.

– Pas longtemps ?

Lupus acquiesça encore.

– Et qu'a-t-il fait ? demanda Mordecaï, très intéressé.

Lupus imita une personne en train de boire et fit semblant d'être saoul. Il leva cinq doigts.

– Il a bu cinq chopes de vin ? interrogea Flavia.

Lupus secoua la tête et montra ses dix doigts.

– Dix ! s'exclama Jonathan.

Lupus acquiesça avec force. Flavia fronça les sourcils.

– Et pourquoi montrais-tu cinq doigts tout à l'heure ?

Lupus fit marcher ses doigts autour de la table, ils allèrent d'abord à l'assiette vide de Nubia puis à celle de Jonathan, puis celle de Flavia.

– Il est allé dans cinq tavernes, comprit Jonathan.

Lupus approuva de nouveau.

– Un homme ne devrait plus être capable de marcher après dix chopes de vin, fit remarquer Mordecaï.

Lupus imita une personne en train de vomir. Mordecaï, Jonathan, Flavia et Nubia eurent une grimace de dégoût.

– Il peut quand même avoir tué Ruber, le chien de garde de Cordius, insista Jonathan.

Lupus secoua la tête et mit sa main autour de son cou. Chacun le regarda en silence. Puis Flavia murmura :

– Il est mort ?

Lupus acquiesça.

– Avitus ? s'étonna Jonathan.

Lupus ferma les paupières.

– Comment ?

Lupus fit monter ses doigts jusqu'en haut de la cruche de vin, puis les fit sauter et s'écraser contre la table.

– Où ? s'enquit Mordecaï d'une voix grave.

Lupus regarda autour de lui et prit la tablette de cire. Il effaça son dessin d'Avitus et avec la pointe de son couteau, il griffonna dans la cire.

Mordecaï prit la tablette et la montra aux autres.

– Le phare ! souffla Flavia. Tu l'as vu sauter ?

Lupus laissa tomber ses épaules et soupira.

– Ce qui veut dire qu'Avitus n'a pas pu tuer Ruber, prononça lentement Flavia. Il n'est pas venu dans notre rue de tout l'après-midi. Alors, qui est le coupable ?

Tout le monde était trop fatigué pour réfléchir efficacement. Flavia et Jonathan bâillaient au-dessus de leur dessert – des pommes cuites dans le miel et le poivre. Nubia s'était endormie sur sa chaise.

Mordecaï se leva.

– Viens, Jonathan. Nous devons aller nous coucher. Lupus, accepteras-tu d'être notre hôte cette nuit encore ?

Lupus regarda Flavia et pointa son index vers le bas.

– Tu veux dormir ici ? lui demanda Flavia. Bien sûr. Alma, Lupus peut rester dormir ici ?

– Bien sûr, ma chérie, il peut dormir dans la chambre d'Aristo, ton ancien tuteur.

– Parfait, dit Mordecaï, alors bonsoir, que la paix soit avec vous.

– Je vais chercher votre clé, l'interrompit Alma en disparaissant dans le bureau.

Après le départ de Jonathan et de son père, Caudex verrouilla la porte. Nubia avait déjà rejoint Scuto dans le jardin. Flavia montra sa chambre à Lupus.

– Tiens, une lampe à huile. J'en garde toujours une allumée dans ma chambre. Ici, tu trouveras une bassine de cuivre avec de l'eau froide, et un pot de chambre sous ton lit au cas où tu n'aurais pas envie d'aller jusqu'aux latrines au milieu de la nuit.

Malgré son épuisement, Flavia ne parvenait pas à s'endormir. La maison était calme et plongée dans l'obscurité. Tout le monde était couché. Lupus avait commencé à ronfler avant qu'elle ne soit sortie de sa chambre, Nubia était collée à Scuto sous le figuier du jardin, Alma et Caudex dormaient dans leurs chambres près de l'atrium. Plus loin, dans le cimetière, le chant des grenouilles avait remplacé celui des cigales.

Un rayon de lune passait à travers le treillis de sa fenêtre et formait des losanges argentés sur le mur de sa chambre. Une douce brise tiède soufflait, comme pour l'apaiser et la pousser au sommeil. Elle apportait une odeur d'iode et de pin.

Elle pensa à l'océan et à son père, qui se trouvait quelque part au milieu des vagues, allant et venant sur le pont de son navire et levant les yeux vers la même lune.

Puis elle commença à réfléchir aux événements des deux derniers jours.

Le pauvre Avitus était mort, incapable de survivre à sa culpabilité, et il lui apparut soudain clairement qu'il ne pouvait avoir tué les chiens. Il n'avait même pas été capable de toucher Scuto avec une pomme de pin. Comment aurait-il pu tuer et décapiter Bobas ?

Mais alors, qui était le coupable ? Cette question l'empêchait de trouver le sommeil. Et qui avait volé la tête du mastiff tué par Mordecaï dans le cimetière ?

Elle entendit une chouette hululer dans Necropolis. Certaines personnes assuraient que les hululements étaient de mauvais présages, mais son père la surnommait « petite chouette » et elle aimait bien. De plus, la chouette était l'animal de Minerve, la déesse de la sagesse.

Le mot « sagesse » lui rappela Aristo, le jeune Grec qui avait été son tuteur pendant deux ans. Elle essaya de penser comme il le lui avait appris : en utilisant la logique et l'imagination.

– Nous avons d'abord pensé qu'Avitus était le coupable parce qu'il détestait les chiens. Mais le coupable avait une autre raison. Pourquoi quelqu'un voudrait-il tuer des chiens ?

À ce moment, Scuto se mit à aboyer, ce qui réveilla tous les chiens du voisinage. Flavia comprit soudainement.

– Bien sûr, s'exclama-t-elle, c'est pour ça !

Soudain, un cri déchira le silence de la nuit. C'était Nubia.

19

– Vo… leur ! bégaya Nubia.

Flavia avait descendu les escaliers quatre à quatre, sa lampe à la main.

– Voleur, répéta Nubia en montrant la réserve.

Flavia comprit ce qui avait alerté la jeune esclave. Un halo de lumière en émergeait.

Scuto remuait la queue et aboyait joyeusement vers la porte de la réserve.

Caudex, une torche à la main, traversait le jardin à grands pas. Il n'avait pas l'air plus endormi que d'habitude.

– Caudex, cria Flavia, il y a un voleur dans la réserve.

– Y a rien à voler là-dedans, maugréa l'esclave, y a que des céréales, du vin et des vieux meubles…

– Quelqu'un dedans ! affirma Nubia.

– Et je vois de la lumière, insista Flavia.

Caudex loucha vers la porte et se gratta la tête.

– Très bien, soupira-t-il.

Il avança. La flamme de sa torche projetait les ombres tremblotantes des colonnes sur le mur. Flavia et Nubia se rapprochèrent l'une de l'autre. Caudex ouvrit prudemment la porte et Scuto remua la queue de plus belle.

– Qu'est-ce que c'est que tout ce vacarme ?

Alma venait de faire irruption, une lampe à huile à la main. Elle était nu-pieds et avait noué un foulard sur ses cheveux. La lampe, qui l'éclairait par en dessous, donnait à son visage un aspect étrange.

– Il y a un voleur dans la réserve, l'informa Flavia, je suis sûre que c'est le tueur de chiens.

Soudain, deux cris s'élevèrent. Un grave et un aigu. Scuto, devant la porte, aboya de nouveau.

– Je l'ai ! grogna Caudex. J'ai le voleur !

Il sortit de la réserve. Il brandissait d'une main sa torche et dans l'autre un garçon qui se débattait comme un beau diable.

– Lupus ! s'écrièrent Flavia et Nubia en chœur.

Lupus essayait d'échapper à l'emprise de Caudex en poussant des sons incompréhensibles. Pourtant, ce qu'il voulait dire était suffisamment clair : « Lâche-moi, gros balourd ! »

– Caudex, lâche-le, cria Flavia, Lupus n'est pas un voleur !

À la lumière de la torche, les yeux de Lupus envoyaient des éclairs verts, mais Caudex ne le relâcha pas. Il posa la torche dans le porte-torche accroché au mur, attrapa Lupus par les chevilles et le secoua la tête à l'envers sans ménagement. Flavia et Nubia crièrent et se cachèrent les yeux. La tunique de Lupus s'était relevée et il ne portait rien dessous.

Puis elles entendirent un cliquetis de pièces de monnaie sur le sol de marbre et rouvrirent les yeux, stupéfaites.

Quand Caudex eut fini de secouer Lupus, il le remit sur ses pieds. Lupus se tenait le visage dans les mains, pour cacher sa honte. Sur la bordure du jardin, une douzaine de pièces d'or brillaient à la lumière de la torche.

Ils regardaient tous Lupus d'un air consterné. Les pièces d'or sur le sol et son visage abattu confirmaient sa culpabilité.

– Lupus, murmura Flavia, où as-tu trouvé cet or ? Dans la réserve ?

Lupus acquiesça.

– Tu étais en train de nous voler. Nous t'avons fait confiance, ouvert notre porte et... Oui, c'est ça !

Tous se tournèrent vers elle et même Lupus leva la tête.

– Je viens de résoudre l'énigme ! s'écria Flavia.

Elle se tourna vers Lupus.

– Lupus, nous avons besoin de ton aide. Où as-tu trouvé cet or et comment savais-tu où il était caché ? Nous n'avons jamais gardé autant d'or dans la maison.

Lupus n'osait pas la regarder. Il regrettait profondément son acte.

– S'il te plaît, Lupus ! Le puzzle se met en place à présent. Si tu nous aides, nous te pardonnerons cette tentative de vol.

Lupus leur fit signe de les suivre. Caudex reprit sa torche, les filles et Alma étaient éclairées par leur lampe. Ils entrèrent dans la réserve.

Le garçon les mena devant trois grandes amphores dans un coin sombre. Elles étaient à moitié enterrées pour pouvoir tenir droit et rien ne les distinguait des autres. Elles avaient seulement été entreposées un peu à part. L'une d'entre elles était fermée mais non scellée. Flavia s'en approcha et en ôta le couvercle.

Tout le monde retint sa respiration. Cette amphore ne contenait ni blé ni vin ni huile d'olive. Elle était pleine à ras bord de pièces d'or.

– Il y a assez là-dedans pour acheter douze maisons comme la nôtre, souffla Flavia en plongeant ses mains dans l'amphore et en laissant les pièces glisser entre ses doigts. Et regardez ! Ce sceau n'est pas le nôtre.

Elle ramassa un sceau de cire bleu de la taille d'une pièce de monnaie qui était tombé sur la terre battue de la réserve. Elle l'approcha d'une lampe pour l'observer de plus près.

– Il ne représente pas les Gémeaux ! C'est un dauphin !

– C'est le sceau de Cordius, l'associé de ton père, dit Alma. Peut-être manquait-il de place pour stocker son trésor et a-t-il demandé à ton père de le garder pour lui.

– Tu as sans doute raison, Alma, approuva Flavia, ce sceau n'est pas le nôtre et cet or doit appartenir à Cordius. Mais aucun d'entre nous n'en connaissait l'existence ! Comment se peut-il que Lupus l'ait appris ?

Elle se tourna vers le garçon qui continuait de regarder ses pieds.

– Lupus, commença-t-elle doucement, est-ce que quelqu'un t'a parlé de ce trésor ?

Lupus hésita puis hocha la tête. Ce n'était ni oui ni non, mais quelque chose entre les deux.

– Tu l'as entendu dire ? continua Flavia.

Il acquiesça.

– Par qui ?

Lupus imita une personne en train de boire.

– Avitus ?

Lupus secoua la tête et soupira.

– Je sais, un homme que tu as vu à la taverne !

Lupus acquiesça de nouveau.

– Qui ? Qui était-ce ?

Lupus haussa les épaules en signe d'ignorance.

– Lupus, je pense savoir de qui il s'agit, mais je dois m'en assurer…

Nubia sortit de la réserve et revint quelques instants plus tard, la tablette de cire à la main.

– Nubia, tu es géniale, s'écria Flavia. Lupus, peux-tu nous dessiner cet homme ?

Lupus haussa encore les épaules.

– Fais juste ce que tu peux, insista Flavia, s'il te plaît…

Lupus prit lentement la tablette et le stylet que lui tendait Nubia. Il s'assit sur le sol et commença à dessiner. Tous approchèrent plus près leur lumière. Lupus s'arrêta, se gratta la tête pensivement, effaça la moitié inférieure et recommença.

Une fois son dessin terminé, il le tendit à Flavia qui le prit, les mains tremblantes.

Elle regarda le visage dessiné par Lupus.

– Je le savais ! souffla-t-elle. J'en étais sûre, ce ne pouvait être que lui ! J'aurais dû m'en douter.

Elle avait résolu le mystère mais rien ne pouvait être fait avant le matin. Flavia se recoucha, certaine de rester éveillée toute la nuit.

Pourtant, elle s'endormit au moment même où sa tête touchait l'oreiller, et plongea dans un rêve.

Elle rêva d'Avita Procula.

La petite fille était pourchassée par des chiens sauvages. Soudain, une énorme pie s'abattait sur elle, la prenait dans ses pattes et la soulevait dans les airs. Avita riait et battait des bras en regardant Flavia qui était restée sur la terre ferme. Pendant que la petite fille disparaissait dans les cieux, Flavia se rendit compte que les chiens revenaient vers elle. Elle se tourna et courut, mais bien que son cœur battît la chamade, elle courait au ralenti, comme si elle avait été engluée dans un pot de miel.

Elle entendait les grognements des chiens se rapprocher et sentit leur chaleur contre ses mollets. Elle avait déjà fait ce rêve et elle savait qu'elle se réveillait toujours au moment où les chiens s'apprêtaient à bondir sur elle. Mais cette fois, en se retournant, elle vit qu'un seul chien courait après elle, un chien avec trois horribles têtes : Cerbère, le chien des Enfers. Elle entendit un hurlement perçant qui ne s'arrêtait pas.

Elle se dressa en sueur dans son lit. Son cœur battait fort dans sa poitrine et tout son corps tremblait. Pourquoi continuait-elle à entendre le cri alors qu'elle était éveillée ?

C'était un cri horrible, hystérique. On aurait dit la voix d'Alma.

Flavia bondit hors de son lit mais, encore dans les brumes du sommeil, elle se cogna le petit doigt de pied dans la table de chevet. Elle saisit sa lampe à huile et courut jusqu'au balcon.

La lune diffusait sa lumière blanche dans le jardin, les ombres en paraissaient encore plus noires. Aux étoiles dans le ciel et à l'humidité de l'air, Flavia estima qu'on était à peu près au milieu de la nuit.

Elle hésita et entendit un cri d'homme, bref. Caudex ? Tremblante, Flavia descendit prudemment l'escalier et traversa le jardin.

Les graviers lui blessaient les pieds mais elle préférait ne pas approcher des inquiétantes ombres derrière les colonnes.

– Nubia ? chuchota-t-elle. Alma ?

Au-dessus d'elle, elle aperçut la lumière d'une torche et sentit une odeur de résine de pin. Un nouveau gémissement s'éleva dans l'atrium. Le couloir ressemblait à une gorge profonde prête à l'avaler. Elle le traversa aussi vite qu'elle put. Elle se sentit soulagée en apercevant quatre silhouettes familières dans la lumière orangée d'une torche.

Ils se tenaient devant la porte d'entrée et en entendant ses pieds nus sur le sol de marbre de l'atrium, ils se retournèrent vers elle.

Sur leurs visages se reflétait l'horreur. Même Scuto gémissait. Ils étaient si abasourdis qu'ils ne firent pas un mouvement pour empêcher Flavia de regarder dans la rue. Nubia tremblait de tous ses membres. Lupus était tapi comme un animal prêt à s'enfuir en courant. Flavia s'approcha et s'arrêta sur le seuil.

Dans la rue baignée de lumière lunaire, un trident était planté. C'était le genre de trident utilisé par les pêcheurs. Il avait été coincé entre les pavés et ses trois pointes se dressaient vers le ciel. Sur chacune des pointes avait été plantée une tête de chien.

La première était blanche, la deuxième noire et la troisième rouge. Leurs yeux blancs semblaient fixer Flavia.

Elle entendit un hurlement. Il sortait de sa propre gorge. Une nausée la submergea. Sa vue se brouilla et les têtes de chiens se transformèrent en Cerbère, le monstre immortel, gardien des Enfers.

Le sang lui battit les tempes, au rythme effréné d'un tambour. Les têtes de Cerbère rapetissèrent au point de n'être plus que des points. Puis elles disparurent dans l'obscurité et le vide.

21

– Flavia, Flavia, comment te sens-tu ?

Une voix à l'accent familier résonna à l'oreille de Flavia. Elle garda les paupières closes un court instant. Était-on déjà le matin ? Non. À la lumière brune qui traversait la peau fine de ses paupières, elle avait la sensation que le jour n'était pas encore levé. Elle sentit l'odeur d'une lampe à huile, un parfum de cardamome et de thé à la menthe et comprit qu'elle se trouvait chez Jonathan.

Elle ouvrit les yeux. Mordecaï, assis près d'elle, lui adressait un sourire rassurant. Ses cheveux tombaient sur ses épaules.

– Que s'est-il passé ? demanda Flavia.

– Tu t'es évanouie, lui expliqua le docteur.

– Alors, ce n'était pas un cauchemar.

– J'ai peur que non. Ce que tu as vu était bien réel.

Mordecaï lui tendit une tasse de thé à la menthe.

– Bois.

Flavia avala une gorgée du breuvage chaud et sucré et regarda autour d'elle. Elle se trouvait dans le bureau de

Mordecaï, sur le canapé à rayures, la nuque soutenue par des coussins. La pièce était pleinement éclairée. Mordecaï avait sans doute allumé toutes les lumières de la maison.

Nubia était assise par terre, enveloppée avec Scuto dans une grande couverture orange. Jonathan était debout près d'elle. Son visage était pâle et tendu. Alma, une couverture sur les épaules, était assise sur le bord d'un canapé et buvait un thé à la menthe.

– C'est bien, bois encore un peu de thé, encouragea gentiment Mordecaï en s'adressant à Flavia.

Il semblait croire que le thé à la menthe avait le pouvoir de tout guérir. Ce n'était pas si difficile d'être docteur, il suffisait de savoir préparer du thé. Cette pensée la fit sourire.

– Voilà, c'est mieux.

Mordecaï aida Flavia à se redresser un peu.

– Où est Lupus ? demanda-t-elle soudain.

Jonathan et son père échangèrent un rapide coup d'œil. Mordecaï répondit doucement.

– Alma nous a expliqué que vous l'aviez surpris en train de voler de l'argent…

– Il est parti, lança Jonathan, il s'est enfui dans la nuit après que nous avons tous vu le…

– Vous avez vu Cerbère… enfin, je veux dire… la chose…

Flavia n'arrivait pas à prononcer les mots.

– Oui, acquiesça Jonathan.

Il grimaçait comme s'il était sur le point de vomir.

– Alma nous a raconté avoir entendu un gémissement sous sa fenêtre et quand elle a regardé… un fou avait planté la tête de Bobas, celle de Ruber et celle du chien sauvage sur un trident.

Il frissonna.

– Caudex est en train d'enlever les têtes pour les emporter dans le cimetière, ajouta Mordecaï. Il les enterrera demain.

– J'ai cru être arrivée au pays des morts, soupira Flavia, ou que je faisais un horrible cauchemar.

– Ça n'avait rien d'un cauchemar, la coupa Alma en posant d'un geste ferme sa tasse sur la petite table et en se redressant. C'était bien réel et c'était un présage de mort !

Sa voix frôlait l'hystérie.

– Demain, nous quitterons cette ville jusqu'au retour de ton père.

– Non, s'écria Flavia, c'est exactement ce que veut le tueur. Il veut nous faire fuir pour pouvoir s'emparer de l'or.

Elle se mordit la lèvre pensivement.

– Mais nous allons faire semblant de partir ! Oui ! C'est ça ! Nous allons piéger le voleur !

Elle avala une nouvelle gorgée de thé.

– Demain, nous préparerons les bagages et nous quitterons la maison à grand bruit. Mais nous ne verrouillerons pas la porte. Nous irons jusqu'à la sortie de la ville, puis nous reviendrons par le cimetière pour faire le guet. Quand le voleur montrera le bout de son nez, nous passerons à l'attaque !

Caudex entra. Il ne semblait pas très en forme. Il essuyait ses mains sur sa tunique.

– Qui attaquera qui ? demanda-t-il abruptement.

– Nous attaquerons le voleur, évidemment ! répondit Flavia en souriant. Mais il nous faut des preuves de sa culpabilité. Des preuves indiscutables qu'il en voulait à l'argent.

Elle se rappela tout à coup les traces d'encre que la pie avait laissées sur le parchemin de son père.

– Docteur Mordecaï, demanda-t-elle, tout excitée par sa trouvaille, auriez-vous un médicament ou une potion qui tacherait les mains ?

Mordecaï réfléchit un instant, puis son visage s'éclaira.

– Oui ! J'ai exactement ce qu'il te faut !

– Mais c'est qui, ce voleur ? demanda Jonathan, brûlant de curiosité.

– Oui, qui est-ce ? répéta tout le monde en chœur.

– Vous n'avez pas encore deviné ? s'étonna Flavia, les yeux étincelants.

Le lendemain, vers midi, un char à deux chevaux remonta la rue de la Fontaine-Verte et s'arrêta devant la maison de Marcus Geminus. La porte bleue s'ouvrit en grand ainsi que la porte de Mordecaï.

Pendant une demi-heure, les bruyants allers-retours entre les deux maisons et le char ne cessèrent pas. La carriole s'emplissait de meubles et de sacs de voyage.

Du haut en bas de la rue, les volets s'entrouvrirent et les voisins purent voir une famille qui s'apprêtait à partir en voyage, un homme vêtu à l'orientale et coiffé d'un turban noir donner des ordres à un gros esclave, lui indiquant où poser les affaires dans la carriole. Ils entendirent des voix d'enfants et les chevaux qui s'ébrouaient et tapaient du sabot. Ils refermèrent leurs volets et retournèrent à leur sieste.

Quand les bagages furent empilés, une femme ronde grimpa près du conducteur et tamponna ses yeux humides avant de se moucher bruyamment. Trois enfants et un chien s'entassèrent entre les meubles et la carriole prit le départ, direction la marina. Le gros esclave et l'homme au turban suivaient à pied.

Le clopinement des chevaux et le raclement des roues contre les pavés s'éloignèrent et, dans la rue chaude, ne résonna bientôt plus que le chant des cigales. La rue de la Fontaine-Verte était redevenue calme et paisible.

La carriole continua son chemin vers la marina. Au moment où elle traversait le pont de la porte Laurentum, Flavia et Jonathan sautèrent sur les pavés.

– Veille bien sur Scuto, Nubia, murmura Flavia à son amie.

– Et toi, Scuto, veille sur Nubia, ajouta Jonathan en souriant.

La carriole poursuivit sa route. Caudex continua de la suivre mais Mordecaï rejoignit Flavia et Jonathan sous l'arche de la porte Laurentum.

– Où est-il ? murmura Flavia nerveusement en regardant autour d'elle.

– Ici !

Une silhouette apparut de derrière une des colonnes de l'arche. C'était le magistrat qu'ils avaient rencontré la veille. Il fixa sur eux ses yeux pâles.

– Marcus Artorius Bato, se présenta-t-il. J'ai reçu votre message. Votre affaire est sérieuse.

– Nous le savons, répliqua Mordecaï, et nous espérons que nous ne nous donnons pas tout ce mal pour rien.

– Moi aussi, lança plutôt sèchement le jeune magistrat. Allons-y !

– C'est par là !

Flavia les guida le long des abords de la ville. Ils marchaient vite, ils traversèrent le chemin poussiéreux qui retournait à l'arrière de la maison de Flavia par la porte de la fontaine.

Bato secoua la tête en signe de désapprobation.

– Une loi interdit ce genre de choses, savez-vous ? Cette issue devrait être condamnée.

– Nous ne sommes pas les seuls, protesta Flavia en montrant le portail de Jonathan.

Jonathan la foudroya du regard.

– Merci Flavia !

– Nous condamnerons nos portes s'il le faut, coupa poliment Mordecaï, mais pour le moment, nous avons un voleur à attraper.

Bato approuva d'un bref signe de tête.

Flavia avait calé le portail avec un papyrus roulé, de façon à ce qu'il ne se referme pas entièrement. Elle regarda par l'interstice. Entre les colonnes qui entouraient le jardin, elle avait la réserve en ligne de mire.

Jonathan s'accroupit à ses pieds pour bénéficier lui aussi de la vue. Il vacilla et s'appuya de la main contre la porte pour reprendre son équilibre.

– Fais donc attention, siffla Flavia. Si ça se referme, elle se verrouille automatiquement et nous serons bloqués.

– Pardon, répondit Jonathan en rougissant.

– L'attente peut être longue, prévint Flavia en jetant un regard en coin au jeune magistrat.

– Comme si je n'avais rien de mieux à faire, répondit-il sarcastiquement, en s'essuyant le front avec un mouchoir.

Il était midi et la chaleur était étouffante.

– Je propose que Marcus Artorius Bato et moi allions attendre à l'ombre de ce pin, murmura Mordecaï, vous n'avez qu'à vous relayer pour la surveillance.

Mais Flavia leva la main.

– Non, attendez ! Il est là !

Le piège avait marché.

– Qu'est-ce qu'il fait ? demanda Jonathan à voix basse.

– Il est dans le bureau, il cherche derrière les rouleaux, sous la table… Il fait très attention de ne rien déranger…

Elle se tut quelques instants, oscillant la tête de temps en temps pour ne pas perdre le voleur de vue.

– Alors, s'impatienta Jonathan, et maintenant ?

Flavia se leva, le cœur battant, les genoux flageolants.

– Il vient d'entrer dans la réserve, souffla-t-elle, nous y sommes.

Tout doucement, centimètre par centimètre, elle ouvrit la porte. Un grincement se fit entendre. Flavia s'immobilisa. Puis elle recommença à pousser la porte aussi prudemment que possible. Sa lèvre supérieure était couverte de minuscules gouttes de sueur. Son dos était également trempé.

La porte était maintenant suffisamment ouverte pour leur permettre de passer. Flavia entra la dernière et referma soigneusement derrière elle.

Les autres attendaient dans l'ombre du péristyle, chacun dissimulé par un pilier. Par bonheur, cet endroit était frais. Flavia pressa sa joue contre une colonne de plâtre. Puis, le cœur battant, elle se dirigea sur la pointe des pieds vers l'atrium.

Elle fit signe aux autres de se dépêcher.

– Passons par le bureau. Pour être sûr qu'il ne s'échappe pas, Jonathan va rester pour garder la porte de derrière.

Jonathan acquiesça et se colla contre la colonne la plus proche de la porte arrière.

À pas rapides, mais silencieux, les deux hommes suivirent Flavia dans la salle à manger puis dans le bureau. Alors qu'ils passaient devant la table de travail du capitaine, Bato se cogna contre la colonne sur laquelle était posé le buste en marbre de l'empereur. Tous s'immobilisèrent. La colonne pencha d'un côté, le buste de l'autre… Bato les rattrapa tous les deux au moment où ils allaient se briser en mille morceaux sur le sol de marbre. Il les replaça soigneusement en laissant échapper un soupir de soulagement. Le visage de l'empereur Vespasien donna l'impression de se renfrogner, le magistrat s'essuya le front une nouvelle fois.

Ils passèrent la porte coulissante en silence et pénétrèrent dans l'atrium. Ils entendirent la porte de la réserve s'ouvrir et se refermer. Ils se collèrent contre le mur de l'atrium. Les pas résonnaient dans le couloir et s'approchaient d'eux. Mais juste au moment où ils s'attendaient à voir le coupable apparaître, les pas s'arrêtèrent.

– Par Hercule, s'exclama une voix étonnée.

Bato avança. Mordecaï et Flavia l'imitèrent.

Dans le couloir sombre, se tenait un homme en tunique jaune, un lourd sac de cuir accroché à son épaule. Il regardait ses mains, tachées de rouge vif. Quand Flavia, Mordecaï et le magistrat apparurent, il leva la tête et les regarda de ses yeux d'un bleu profond. C'était Libertus.

– Titus Cordius Libertus, commença le magistrat d'une voix officielle, je vous arrête au nom de l'empereur Vespasien pour tentative de vol et détérioration de propriété privée.

Libertus sourit tristement et regarda de nouveau ses mains.

– On dirait que je suis pris la main dans le sac, avoua-t-il.

Il laissa tomber son chargement sur le sol. Le cliquetis de l'or, étouffé par le cuir du sac, se fit entendre. Flavia et Mordecaï se jetèrent un coup d'œil.

– Mettez les mains en l'air, ordonna Bato.

– Qu'est-ce que c'est ? demanda calmement Libertus.

Il parlait des taches sur ses mains.

– Un colorant végétal, répondit Mordecaï pendant que Bato passait des menottes de cuir autour des poignets de Libertus. Ça disparaîtra d'ici quelques jours.

Jonathan s'approcha de Libertus. L'esclave affranchi lui adressa un demi-sourire énigmatique.

Bato tira le lourd sac de cuir jusqu'au jardin, l'ouvrit et toucha les pièces d'or du dessus. Dans le soleil, il voyait des restes de colorant rouge sur quelques pièces.

– Pourquoi avez-vous fait ça ? demanda soudain Flavia à Libertus.

De le voir ainsi, doux, humble, si beau et si fragile, lui faisait monter les larmes aux yeux.

– J'avais besoin d'argent, répondit-il sans aucune agressivité, c'était une question de vie ou de mort.

– Dettes de jeu ? demanda Flavia en pensant aux dés.

Il acquiesça.

– Pourquoi n'avez-vous pas demandé à votre patron Cordius ? demanda Mordecaï.

– Ce vieil avare ne m'aurait pas donné un sesterce, répliqua amèrement Libertus.

Sa grimace de dégoût le rendit presque laid.

– C'est pour ça qu'il a caché tout son or ici. Pour que personne n'y touche !

Une larme roula sur la joue de Flavia. Elle l'essuya d'un geste rageur. Voyant sa compassion, Libertus reprit son calme.

– Je ne voulais blesser personne, assura-t-il, j'avais seulement besoin d'argent.

Bato lui jeta un regard aigu.

– Ce sac contient au moins un million de sesterces, commenta-t-il sèchement.

– Et vous avez fait du mal, ajouta Jonathan avec colère, vous avez tué deux chiens et vous n'avez pas hésité à nous terrifier.

Libertus haussa les épaules.

– C'était le meilleur moyen. Je devais être sûr que cette maison serait vide assez longtemps et il était également indispensable de réduire au silence ton chien qui ne cessait d'aboyer.

Flavia fronça les sourcils.

– Pourquoi ne pas vous être contenté de lui donner un biscuit drogué pour l'endormir, comme dans la fresque ?

Bato referma le sac et se redressa.

– C'est une excellente question, remarqua-t-il. Pourquoi avoir tué ce pauvre animal, et d'une manière si cruelle ?

– J'avais besoin de le faire taire pour plus d'une heure, affirma Libertus. Je l'ai décapité pour vous faire peur. Plus tard, quand j'ai commencé mes recherches à l'arrière de la maison, j'ai trouvé une autre tête de chien et c'est comme ça que j'ai eu cette idée géniale ! Je n'ai tué Ruber que pour éviter d'être soupçonné. Et de cette manière, j'obtenais la troisième tête de mon Cerbère qui vous a tant effrayés.

Il semblait content de lui. Mais soudain, il se renfrogna et jeta un regard mauvais à Mordecaï.

– Et j'avais presque réussi ! Si vous n'aviez pas découvert mon stratagème, j'aurais payé mes dettes et je serais parti en Hispanie, avec suffisamment d'argent pour m'acheter une jolie ferme…

Mordecaï prit l'air surpris puis éclata de rire.

– Vous croyez que j'avais deviné votre plan ? Vous vous trompez, mon cher… Celle qui a tout découvert, ajouta-t-il, est la jeune personne que voici : Flavia Gemina !

21

La matinée se terminait. La chaleur de juin avait laissé place à la canicule de juillet.

La semaine précédente, l'empereur Vespasien était mort en prononçant ces dernières paroles :

– Je crois que je suis en train de devenir un dieu.

Son fils Titus lui avait succédé sans que cela provoque le moindre bain de sang. Le peuple était soulagé. Le père de Flavia avait déjà commandé un buste du jeune empereur afin de le poser près de celui de Vespasien sur son bureau.

Flavia et Nubia, assises dans le jardin, préparaient des guirlandes pour la fête qui aurait lieu le soir même. Leurs têtes brune et blonde étaient penchées sur leur travail avec application. Une brise tiède souffla sur les cheveux de Flavia. Elle repoussa une mèche qui lui tombait dans les yeux.

– Regarde, Nubia, dit-elle doucement, tu peux tresser le jasmin avec le lierre et ensuite tu ajoutes les hyacinthes de cette manière.

Elle posa sa guirlande terminée sur le banc de marbre et compta sur ses doigts.

– Combien nous en faut-il ? Une pour toi, une pour moi, une pour Jonathan. Et pour Miriam qui est revenue, aussi, ça fait quatre. Une pour mon père, et une pour le docteur Mordecaï : six. Une autre pour Cordius et… une pour Aristo. Huit ! C'est un bon nombre, même si neuf est le nombre idéal pour un banquet.

– Lupus ? demanda Nubia doucement.

– Pourquoi tu parles de lui ? se renfrogna Flavia. Il est parti la nuit où il a volé, ou du moins essayé de voler, l'or. Et il n'est jamais revenu. Je ne vais sûrement pas me tracasser pour un voleur. Oh, par Pollux ! Regarde ce que j'ai fait.

Elle lâcha la guirlande ratée et poussa un soupir. Scuto, allongé à leurs pieds, dressa les oreilles, leva la tête et aboya en direction de la porte d'entrée.

– C'est sûrement Jonathan.

Flavia ôta le tas de lierre et de jasmin de ses genoux et suivit Scuto dans l'atrium.

Caudex ouvrait la porte. Flavia se précipita pour accueillir son ami.

– Bonjour Jonathan, bonjour docteur Mordecaï !

Jonathan leva les yeux au ciel.

– Père veut nous parler, paraît-il… Je ne sais même pas de quoi.

– Nubia est-elle ici ? demanda gaiement Mordecaï.

Il était vêtu d'un turban bleu ciel et d'une toge blanche. Ces couleurs lui donnaient un air moins sévère que d'habitude.

– Elle est dans le jardin, nous fabriquons des guirlandes.

Flavia les guida puis repartit leur chercher des chaises dans la maison. En passant devant la cuisine, elle murmura :

– Alma, peux-tu nous apporter du jus de pêche ?

– Bien sûr, chérie, répondit sa vieille nourrice. Juste une minute et j'arrive.

Flavia installa les chaises près du banc et tout le monde put s'asseoir. Les trois enfants fixaient Mordecaï. La fontaine coulait et un oiseau dans le figuier chantait toujours la même note haute et claire.

Mordecaï s'éclaircit la gorge.

– Miriam, Jonathan et moi, sommes très honorés d'être invités par ton père au dîner de ce soir, commença-t-il.

– Il n'est pourtant rentré que depuis trois jours, le coupa Flavia.

Puis, gênée de son interruption, elle se mordit la lèvre.

– Oui, approuva Mordecaï en souriant.

Il s'éclaircit la gorge de nouveau.

– Cependant, reprit-il, j'ai été triste et surpris d'apprendre par Jonathan que vous n'aviez pas invité Lupus.

Flavia regarda Mordecaï, la bouche ouverte. Puis elle se reprit. Elle jeta un coup d'œil à Jonathan. Mais, d'un air absent, il regardait Scuto qui haletait à ses pieds.

– Lupus a essayé de nous voler ! essaya-t-elle de se défendre. C'est pour cette raison qu'il a demandé à dormir ici. Il nous a trahis !

Mordecaï fit tourner sa bague en or autour de son doigt.

– Flavia, et toi aussi, Jonathan… Avez-vous la moindre idée de la vie que mène ce garçon ?

– Non, reconnut Flavia en courbant la nuque.

Jonathan secoua la tête avec honte.

– Il vit seul dans cette ville depuis toujours. Il n'a ni père, ni mère. Pas de maison, aucun endroit pour se reposer ou se sentir en sécurité. Il n'a même plus de langue pour communiquer. Vous êtes probablement ses premiers véritables amis.

Flavia posa la main sur sa gorge soudain douloureuse.

– Sa vie n'a été qu'une lutte pour survivre, une lutte âpre. Il doit mendier ou voler chaque morceau de nourriture qui entre dans sa pauvre bouche !

Mordecaï soupira et adoucit le ton de sa voix.

– Ne pouvez-vous trouver dans votre cœur la force de lui pardonner ? Ce qu'il a fait était mal. Il a été tenté par le vol et a cédé à la tentation… mais n'avez-vous jamais rien fait de mal ?

Aucun des enfants ne répondit.

– Jonathan, tu m'as menti le jour où vous avez failli être kidnappés. Tu avais promis de ne pas t'éloigner de notre rue. Flavia, ton père t'avait demandé de ne jamais pénétrer dans le cimetière et pourtant tu y es allée à maintes reprises.

Flavia approuva puis lança :

– Et Nubia ? Pourquoi ne dites-vous rien à Nubia ?

Elle regretta immédiatement d'avoir prononcé ces mots et se mordit la lèvre. Mais le docteur Mordecaï répondit posément :

– Tu as raison, Flavia, je suis sûr que Nubia aussi a commis des actes dont elle a honte.

Nubia redressa la tête. Ses yeux étaient emplis de larmes.

– Bien, reprit doucement Mordecaï, notre foi nous enseigne que si nous demandons le pardon à Dieu et si l'on pardonne également à ceux qui nous ont fait du mal, le pardon nous sera accordé.

Nubia et Jonathan acquiescèrent immédiatement. Flavia hésita puis les imita. Cela lui paraissait un peu facile.

– Regrettez-vous les fautes que vous avez pu commettre ? demanda Mordecaï.

Cette fois, Flavia acquiesça en même temps que ses amis.

– Alors, demandez pardon à Dieu.

– Comment ? demanda Flavia.

Mordecaï regarda son fils.

Jonathan ferma les yeux et prononça lentement :

– Je demande pardon, mon Dieu, pour toutes les mauvaises actions que j'ai pu commettre.

Puis il ajouta :

– Amen.

Aussitôt Nubia ferma les paupières et imita Jonathan.

– Moi aussi, je suis désolée pour toutes les mauvaises actions, amen.

– Ça veut dire quoi, « amen » ? s'enquit Flavia.

– C'est une manière de dire que tes propos sont réellement sincères, sourit Mordecaï.

Flavia ferma les yeux à son tour et essaya d'imaginer un dieu auquel elle pourrait s'adresser. Elle se décida finalement pour l'homme à l'agneau qu'elle avait vu gravé sur la lampe chez Avita.

– Je regrette les mauvaises actions que j'ai commises, murmura-t-elle avant d'ajouter : amen.

Quand elle rouvrit les yeux, elle se sentait plus légère.

– Et maintenant, continua Mordecaï, êtes-vous prêts à pardonner à Lupus ?

Ils étaient d'accord.

– Alors qu'est-ce que vous faites encore assis là ? Dépêchez-vous d'aller au forum et invitez-le à la fête.

Ils se levèrent d'un bond et se précipitèrent vers la porte.

– Attendez ! les retint Mordecaï.

Ils revinrent sur leurs pas. Mordecaï donna quelques pièces à Jonathan.

– Vous devriez l'emmener aux thermes, il en aura sûrement besoin…

– Oui, Père, sourit Jonathan.

Ils repartirent tous vers la porte.

– Attendez ! cria encore Mordecaï.

Une fois de plus, ils revinrent vers lui.

– Amenez Caudex et Scuto avec vous, cette fois.

Flavia hocha vigoureusement la tête.

– Oui, docteur Mordecaï.

Nubia alla chercher le chien.

– Attendez ! cria de nouveau Mordecaï.

Les enfants firent une fois de plus demi-tour.

– Qui va boire tout ce jus de pêche ? demanda-t-il en désignant Alma qui arrivait avec un plateau.

Les enfants éclatèrent de rire.

– Vous ! s'exclama Flavia.

Et ils coururent tous vers la porte.

C'était une magnifique soirée estivale. L'air, légèrement rafraîchi, était parfumé de toutes les merveilleuses senteurs du jardin. Une brise venant de la mer faisait frissonner les feuilles. Le ciel était bleu lavande, le jardin, vert sombre.

Ils étaient assis ou allongés dans la salle à manger.

Miriam était considérée comme une adulte. Elle venait d'avoir treize ans et était légalement assez âgée pour se marier. Elle portait une stola bleu foncé qui mettait en valeur ses boucles brunes et sa peau blanche. Elle était allongée près d'Aristo. Flavia sentit un pincement de jalousie. Son tuteur était venu de Corinthe en bateau, accompagné de son père. Il était jeune et beau. Sa peau était mate et ses cheveux couleur de bronze. Flavia avait toujours pensé qu'il se marierait avec elle quand elle serait plus grande.

Mais Miriam restait silencieuse, comme d'habitude, et Aristo ne la regardait même pas. Il discutait avec Cordius, l'invité d'honneur, allongé sur le divan du milieu. Mordecaï s'était allongé sur le troisième divan, près du père de Flavia.

Flavia, Jonathan, Nubia et Lupus étaient assis au milieu, autour de la table. Ainsi, ils pouvaient participer à la conversation. Les neuf convives étaient allés aux thermes, étaient parfumés et portaient leur guirlande de lierre, jasmin et hyacinthe.

Cordius était venu accompagné d'un jeune esclave du nom de Félix. Celui-ci aidait Alma à servir le dîner. Ils venaient de finir le premier plat : des feuilles de vigne farcies à la gorge de chèvre hachée. Félix débarrassa les assiettes vides et Alma apporta le plat principal : un ragoût de lapin aux oignons et aux dattes.

– C'est délicieux, Alma, la complimenta le père de Flavia. Ta cuisine me manque toujours quand je suis en mer.

– C'est moi qui ai tué le lapin avec ma fronde ce matin, précisa fièrement Jonathan.

– C'est excellent, approuva Cordius, félicitations au chasseur et à la cuisinière !

Il leva son verre de vin.

Flavia essayait de ne pas trop regarder Cordius. Son visage si triste surmonté d'une couronne de fleurs lui donnait envie de rire. Mais elle ne put que lever les yeux vers lui quand il ajouta :

– Je vous suis très reconnaissant, les enfants. J'avais l'intention d'adopter Libertus, j'étais prêt à le considérer comme mon fils, mais depuis quelque temps, il avait changé.

Il adressa un signe à Félix, son jeune esclave, qui s'approcha de la table.

– Lorsque je me suis aperçu que des pièces d'or disparaissaient régulièrement, je n'ai pas voulu voir la vérité en face. J'espérais qu'il n'était pas le coupable. Je lui faisais une confiance totale. C'est pour cela qu'il était le seul de toute ma maisonnée à savoir où j'avais caché l'argent. Vous l'avez pris la main dans le sac. Ma désillusion est profonde, bien entendu, mais vous m'avez ouvert les yeux à temps. Je sais que vous n'attendez pas de récompense mais je vais tout de même vous en donner une…

Aussitôt, Félix tendit une pièce d'or à chacun des enfants.

Ils s'étranglèrent de surprise. Lupus, machinalement, porta la pièce à sa bouche et la mordit pour vérifier qu'elle était vraie. Il rougit et tout le monde éclata de rire. Quand il vit qu'il n'avait offensé personne, il sourit timidement. Nubia regardait sa récompense avec des yeux aussi ronds que la pièce qu'elle tenait à la main.

– Vous devez aussi savoir que je m'occupe personnellement de veiller au bien-être de la veuve d'Avitus, continua Cordius. Le docteur Mordecaï m'a raconté la perte tragique de sa petite fille et de son mari. C'est une excellente couturière et je lui ai offert une place dans ma maison, ainsi qu'une petite rente.

Mordecaï inclina la tête vers le marchand.

– C'est très généreux de votre part.

– Alors, les enfants, qu'allez-vous acheter avec votre nouvelle richesse ? demanda Cordius en regardant d'abord Flavia.

– Tous les volumes de l'*Histoire naturelle* de Pline, annonça-t-elle, après un moment d'hésitation.

Tous les convives éclatèrent de rire.

– Et toi, Nubia ? demanda le capitaine Geminus.

– Une flûte en bois de lotus, répondit la jeune fille d'une voix douce.

– Aurions-nous une musicienne en herbe dans cette maison ?

Aristo, allongé, la regarda avec intérêt.

– J'ai hâte de pouvoir t'accompagner de ma lyre.

– Et toi, Lupus ? demanda Mordecaï.

Lupus haussa les épaules. Un sourire étrange éclairait son visage.

Le père de Flavia se tourna vers Jonathan.

– Que vas-tu acheter ? lui demanda-t-il d'un ton enjoué et d'une voix un peu trop forte.

– Un nouveau chien de garde, répondit Jonathan. Moi aussi, j'ai lu l'*Histoire naturelle* de Pline et il parle d'une race de chiens de garde qui vient d'Inde. C'est un croisement entre un chien et une tigresse. C'est le chien de garde le plus féroce du monde, mais il coûte une fortune. Un chien aussi féroce ne laisserait jamais personne faire du mal aux gens qu'il protège, et personne ne pourrait lui faire du mal, non plus ! Qu'est-ce que tu en penses, Nubia ? Nubia ?

Mais, une fois de plus, la jeune fille avait disparu avant la fin du repas.

22

– Comment fait-elle ça ? s'émerveilla Jonathan en passant sa main dans ses cheveux bouclés.

– Doit-on la chercher ? s'enquit Aristo en se relevant de sa couche.

Flavia secoua la tête.

– C'est inutile, elle va revenir, elle est probablement partie donner un morceau de lapin à Scuto.

Comme toujours lorsqu'une fête se déroulait, Scuto avait été enfermé dans la réserve. Ainsi, il ne passait pas son temps à mendier de la nourriture et ne risquait pas de faire tomber Alma pendant le service.

Cordius se tourna vers Flavia.

– Quand as-tu commencé à entrevoir la vérité de toute cette affaire ?

– C'est grâce à Aristo, répondit timidement Flavia.

Tous les regards se tournèrent vers le jeune précepteur grec.

– Il m'a toujours recommandé d'utiliser ma logique et mon imagination.

Flavia baissa les yeux sur son assiette puis releva la tête vers Cordius.

– J'étais dans mon lit et je pensais à Aristo : si Avitus n'avait pas tué les chiens, je devais trouver qui et pourquoi.

Les convives écoutaient avec attention. Flavia remarqua que les yeux d'Aristo brillaient de plaisir.

– À ce moment, Scuto s'est mis à aboyer. C'est là que j'ai compris. J'avais trouvé le mobile.

– Réduire les chiens au silence, s'exclama Aristo.

– Exactement, approuva Flavia, mais pourquoi tuer le chien de Jonathan ?

– « Si le propriétaire avait su à quelle heure le voleur pénétrerait dans sa maison, il serait resté éveillé et ne l'aurait pas laissé entrer[1] », cita Mordecaï.

Aristo le regarda avec curiosité. Le jeune Grec, pourtant très cultivé, ne reconnaissait pas la citation.

– Le principal motif pour vouloir réduire un chien au silence, continua Flavia, est le vol. Mais la famille de Jonathan n'a pas grand-chose à voler, et je pensais que nous non plus. J'ai donc supposé que la maison visée était celle de Cordius.

– Logique, murmura Aristo.

– Quand Lupus a découvert l'or dans la réserve, j'ai compris que nous étions les victimes et que soit Scuto serait tué, soit le voleur essayerait de nous effrayer.

1. Extrait de l'Évangile selon saint Matthieu, chapitre 24.

– Mais tu avais deviné l'identité du voleur avant que Lupus ne nous l'ait dit, lança Jonathan. Comment as-tu fait ?

Le ciel était devenu violet et l'étoile de Sirius brillait au-dessus du toit. Caudex entra pour allumer les lampes et Félix débarrassa les restes du repas.

– C'était simple, expliqua Flavia. Si Libertus avait dit la vérité, Avitus devait être le meurtrier. Si Avitus n'était pas coupable, cela signifiait que Libertus avait menti. Il avait affirmé être en train de boire à la fontaine. Mais qui boirait cette eau dégoûtante à deux pas de sa propre maison ?

– À moins d'avoir extrêmement soif, la coupa Jonathan.

– Ou à moins d'avoir à se laver les mains pour les débarrasser de toute trace de sang. Voilà une chose qu'il est impossible de faire devant les esclaves.

– Il avait la tête avec lui quand nous l'avons rencontré, ajouta Jonathan. Probablement cachée dans sa cape. Mais il était de l'autre côté de la fontaine et nous n'avons rien vu.

Flavia but une gorgée de vin coupé d'eau.

– Quand nous l'avons rencontré près de la fontaine la première fois, il nous a décrit un homme qui aurait pu être n'importe qui. Pour être plus convaincant, il a inventé l'histoire du sac, parce qu'il savait que la tête de Bobas manquait. Il a ajouté des détails qui accusaient Avitus plus tard, mais seulement après que nous lui avons montré le dessin de Lupus.

– Pourquoi ne l'as-tu pas soupçonné plus tôt ? demanda Aristo avec intérêt.

Flavia rougit.

– Il était si poli et si beau. Je n'aurais jamais pensé qu'il pouvait être méchant.

– Erreur compréhensible, murmura Cordius.

Flavia se rappela qu'il était sur le point d'adopter Libertus.

– « Les hommes se contentent des apparences mais Dieu regarde le cœur[1] », cita de nouveau Mordecaï.

Tout le monde approuva mais Aristo lui jeta un nouveau regard interrogatif.

– Dès que j'ai su qui était le coupable, conclut Flavia, et que j'ai compris qu'il se débarrassait des chiens pour récupérer le trésor, je me suis doutée que le vol était sur le point de se commettre.

– Il y a une chose que je ne comprends pas, l'interrompit son père, de la voix forte qu'il prenait quand il avait un peu trop bu. Lupus avait entendu Libertus à la taverne ?

– Oui.

– Pourquoi ne t'a-t-il pas dit que c'était Libertus ?

– Parce que Lupus ne l'avait jamais vu. Le fait qu'il l'ait entendu était un sacré coup de chance. Mais si Lupus ne

1. Extrait de la Bible. Premier livre de Samuel.

nous avait pas raconté et dessiné ce qu'il avait vu, nous n'aurions jamais confondu le coupable !

Cordius porta un toast à Lupus et chacun leva son verre.

Alma entra avec le dessert. Sur le plateau étaient posées des pâtisseries couvertes de miel et de noix. Chacune en forme de chien.

Tout le monde applaudit et chacun se servit en léchant le miel qui collait aux doigts.

Des étoiles constellaient le ciel, qui n'était pas encore tout à fait sombre. Le parfum du jasmin et des hyacinthes se répandit autour des hôtes.

Soudain, Nubia apparut dans le halo d'une lampe.

– Nubia, l'accueillirent-ils, viens goûter un de ces chiens au miel et aux noix.

– Prends un verre de vin !

– Où étais-tu ?

– Dans le cimetière, répondit Nubia.

Elle avança au milieu de la salle à manger et s'accroupit pour étaler sa cape de laine sur le sol de marbre. Deux minuscules créatures gigotaient à l'intérieur.

– Oh, souffla Miriam, se dressant d'un bond, ils sont adorables !

Tout le monde s'approcha pour admirer les deux chiots, âgés de quelques semaines.

– Ils sont superbes, lança Jonathan d'une voix étranglée, est-ce que le père…

Nubia acquiesça. Les chiots ressemblaient à des miniatures du féroce mastiff noir qui avait été le meneur de la meute.

– Que vas-tu en faire, Nubia ? demanda le capitaine Geminus en riant.

Nubia en prit un et le serra contre elle.

– Je peux le garder ?

– Bien sûr, répondirent en chœur Flavia et son père.

Nubia serra de nouveau le chien contre elle. Quand elle redressa la tête, des larmes coulaient sur ses joues.

– Je l'appellerai Nipur. C'était le nom de mon chien, chez moi.

– Bienvenue à toi, Nipur, prononça le capitaine d'une voix étrangement tremblante.

Il s'essuya discrètement la joue.

– Et l'autre, reprit Jonathan, comment vas-tu l'appeler ?

Nubia prit l'autre chiot et le tendit à Jonathan.

– Je ne lui donne pas de nom. Toi lui donnes un nom. Pas la peine acheter un chien tigre.

Jonathan prit dans ses mains la minuscule boule de poils et embrassa sa truffe noire.

– Je vais l'appeler Tigris, dit-il solennellement. Il sera mon chien-tigre. Oh, par Pollux, il a fait pipi sur moi !

Tout le monde éclata de rire et Félix entra, apportant une nouvelle cruche de vin.

– Il est pour nous l'heure de rentrer, annonça Mordecaï en grimaçant, comme s'il s'attendait à entendre les protestations de Jonathan.

Mais son fils était bien trop occupé avec Tigris, qui léchait la sauce du lapin sur les doigts de son nouveau maître.

– Avant que vous ne partiez, lança le capitaine Geminus, j'ai une proposition à vous soumettre. Je dois repartir bientôt. Après tous les événements de ce dernier mois, je voudrais envoyer Flavia et Nubia dans un endroit plus sûr. Mon frère possède une très grande villa dans la baie de Neapolis et il serait ravi de recevoir des hôtes au mois d'août. Vos enfants sont invités tous les deux et vous êtes également le bienvenu.

– Pourrons-nous emporter les chiots avec nous ? demanda Miriam.

– Évidemment, assura le père de Flavia. Scuto viendra également. Caudex et Alma resteront ici pour veiller sur la maison. Je crois qu'ils méritent un peu de repos.

Miriam et Jonathan se tournèrent vers leur père.

– S'il te plaît, Père, dis oui.

– Je vais y réfléchir, répondit Mordecaï en souriant.

Le capitaine regarda Lupus qui caressait Nipur.

– Nous serions très honorés si tu acceptais de venir aussi.

Flavia, Nubia et Jonathan applaudirent à cette proposition.

Lupus les regarda et approuva timidement. Puis il pencha de nouveau la tête pour examiner Nipur avec une grande attention.

– Et bien sûr, ajouta le capitaine, Aristo sera de la partie. Il pourra ainsi vous donner des leçons de grec, de philosophie et de musique tous les matins.

Les enfants grommelèrent.

– Voilà un argument qui emporte ma décision, s'exclama Mordecaï, nous viendrons !

– Je lève mon verre à un paisible été à Pompéi ! s'exclama le père de Flavia.

– À Pompéi, répondirent-ils en chœur en levant leur coupe à leur tour.

POUR EN SAVOIR PLUS…

Chrétiens: dans le roman, la famille de Jonathan et la mère de la petite Avita font partie des premiers chrétiens. Leur religion, le christianisme, est née en Palestine, au temps de la domination romaine, il y a 2 000 ans. À cette époque, les juifs, seul peuple de l'Antiquité à n'avoir qu'un seul dieu (c'est le monothéisme), attendent un « messie », un envoyé de Dieu sur Terre. C'est dans ce contexte qu'intervient Jésus de Nazareth qui se proclame fils de Dieu, venu sur Terre pour sauver les hommes et leur promettre la vie éternelle. Certains juifs reconnaissent en lui leur messie et se convertissent à la nouvelle religion prêchée par Jésus : le christianisme (c'est le cas de la famille de Jonathan). Ils continuent toutefois à observer les coutumes et la pratique juives. Les Romains, qui croient en de nombreux dieux et déesses (c'est le polythéisme), n'acceptent pas cette nouvelle religion. L'empereur la condamne et l'interdit. Les premiers chrétiens sont obligés de se cacher. Lorsqu'ils sont découverts, ils sont assassinés ou conduits dans l'arène pour être sacrifiés dans de sanglants combats contre les gladiateurs ou les bêtes sauvages.

DC: les Romains utilisent des lettres majuscules pour écrire les nombres. Quelques rappels :

I = 1	VII = 7	XIII = 13	XIX = 19
II = 2	VIII = 8	XIV = 14	XX = 20
III = 3	IX = 9	XV = 15	L = 50
IV = 4	X = 10	XVI = 16	C = 100
V = 5	XI = 11	XVII = 17	D = 500
VI = 6	XII = 12	XVIII = 18	M = 1000

Énée: Énée est un des héros de la fondation mythique de Rome. Fils de la déesse Vénus, il s'échappe de la ville de Troie au moment où elle tombe aux mains des ennemis grecs. Un long et périlleux voyage le mène en Thrace, à Délos, en Crète et en Sicile. La déesse Junon, qui déteste Énée et veut l'empêcher de fonder Rome (elle sait que c'est la destinée du héros troyen), essaye de le noyer dans une violente tempête. Après plusieurs années d'errance, Énée arrive en Italie, à l'embouchure du Tibre, sur le site de la future Rome. Là, il s'allie à Latinus, roi du Latium. Il épouse sa fille Lavinia et règne plusieurs années sur le Latium, fondant, selon la légende, le peuple romain. Ses voyages sont relatés dans l'*Énéide*, un long poème écrit par Virgile.

Esclave: la société romaine est divisée en deux grandes classes d'individus. Les citoyens sont des individus libres. Ils prennent les grandes décisions qui concernent la cité. Mais ils ne sont pas tous égaux. Les patriciens sont les citoyens les plus riches. Ils occupent des fonctions politiques ou religieuses. Les plébéiens sont les citoyens ordinaires, les plus pauvres. Les esclaves sont pour la plupart des prisonniers de guerre. Certains, achetés pour presque rien, sont utilisés pour les travaux domestiques ou difficiles (dans les champs ou dans les mines). D'autres, acquis à prix d'or, exercent de vrais métiers: banquier, maître d'école, cuisinier... Le maître a tous les droits sur son esclave, y compris celui de vie et de mort. Les enfants qui naissent de parents esclaves le deviennent automatiquement pour toute la durée de leur vie. Ils ont toutefois une chance de sortir de leur condition en achetant leur liberté, en accomplissant une bonne action ou en bénéficiant de la générosité de leur maître. On dit alors qu'ils sont « affranchis ».

Forum: dans les villes romaines, le forum est une immense place où s'organise la vie des habitants. Les citoyens peuvent y faire leur marché mais ils s'y réunissent aussi pour parler des problèmes de la cité, pour voter les lois ou les déclarations de guerre ou de paix.

Néron: Néron est l'une des grandes figures de l'histoire de Rome. Son règne débute en 54 apr. J.-C. et se termine à sa mort, en 68 apr. J.-C. L'Histoire gardera de lui l'image d'un empereur tyrannique et sanguinaire, capable de tous les crimes pour consolider son pouvoir. Il aurait ainsi assassiné sa mère Agrippine, son frère Britannicus et deux de ses épouses. Il aurait aussi ordonné le grand incendie de Rome, en 64 apr. J.-C., et accusé, à tort, les chrétiens qu'il fit massacrer. Mais il existe une autre image du personnage, celle d'un empereur cultivé, passionné par les arts, ennemi de la guerre et de la violence.

Ostia: Ostia, l'ancien port de la ville de Rome, a réellement existé. Situé à une quarantaine de kilomètres de Rome, c'est aujourd'hui un des plus beaux sites archéologiques de la Méditerranée. L'Ostia antique ne doit pas être confondu avec la ville moderne d'Ostie. Sur le site de l'Ostia antique, on peut admirer les vestiges de maisons, de temples, de thermes... Beaucoup de lieux de ce roman ont réellement existé, comme le théâtre et la synagogue. D'autres sont inventés, comme la maison de Flavia ou la boutique de l'orfèvre, Aurarius. Mais ils auraient pu exister.

Rouleau: le livre, sous la forme que nous lui connaissons aujourd'hui, n'existe pas encore. Les Romains écrivent sur du papyrus (feuille obtenue à partir d'une plante égyptienne du même nom) ou sur du parchemin (de la peau de mouton, de chèvre ou de veau). Ces « feuilles » sont ensuite roulées sur elles-mêmes de gauche à droite (et non pas de haut en bas). L'encre noire est obtenue à partir d'un mélange de suie, de charbon, de résine, de lie de vin et d'encre de seiche. Les rouleaux sont conservés dans des bibliothèques, rangés dans des casiers de bois. Certains livres étaient si longs qu'ils devaient être présentés en plusieurs rouleaux ; l'*Histoire naturelle* de Pline comptait 37 rouleaux !

Comme Flavia dans le roman, les Romains utilisent également des tablettes de bois recouvertes de cire. Pour dessiner ou écrire dessus, on utilise un « stylet », une pointe de métal ou d'ivoire. Le premier livre est inventé par les Romains au Iᵉʳ siècle après J.-C. Appelé « codex », il est composé de cahiers cousus entre eux.

Thermes : les maisons romaines sont très rarement équipées de salles de bains. Aussi, les Romains se rendent presque quotidiennement dans les établissements de bains publics, les thermes. Ces lieux sont ouverts à tous : riches ou pauvres, hommes ou femmes. Lorsqu'il arrive aux thermes, le Romain effectue un parcours précis qui le mène à travers différentes salles. Il se rend d'abord au vestiaire, où il dépose ses vêtements. Puis il passe un moment au sauna, une pièce pour transpirer. Il plonge ensuite dans une piscine d'eau chaude où il se savonne avec de l'huile d'olive. Il finit par un bassin d'eau froide. Mais les thermes ne sont pas seulement des lieux où l'on se lave. On peut en effet y faire du sport, se faire masser, aller chez le coiffeur ou encore lire dans les bibliothèques.

Comme il n'y a pas de sources naturelles d'eau chaude à Rome, l'eau des piscines est chauffée par des fours construits sous le sol, dans lesquels les esclaves allument de grands feux.

Toge: la toge est le vêtement traditionnel du citoyen romain. En laine ou en lin, sa longueur est égale à trois fois la taille de celui qui la porte et l'on ne peut s'en vêtir qu'avec l'aide d'une autre personne. Les enfants et les sénateurs portent la « toge prétexte », bordée d'une bande rouge. Lors de leur seixième anniversaire, les garçons quittent la toge prétexte pour revêtir leur toge d'adulte, la « toge virile », entièrement blanche. La toge de l'empereur est, quant à elle, entièrement rouge.

QUELQUES REPÈRES…

Avant Jésus-Christ

753 : date mythologique de la fondation de Rome par Romulus et Remus.

750-509 : Rome est gouvernée par des rois sabins puis étrusques.

264-146 : guerres entre Rome et Carthage, puissante cité d'Afrique du Nord. L'un des épisodes les plus célèbres de cette lutte se déroule en 218 : avec une armée d'éléphants, le général carthaginois Hannibal traverse l'Espagne et franchit les Alpes pour attaquer les Romains.

44 : Jules César, célèbre conquérant de la Gaule, est nommé consul et dictateur à vie. Il est assassiné par Brutus, son fils adoptif.

27 : début de l'Empire romain.

Après Jésus-Christ

Ier siècle : persécution des premiers chrétiens. Leur religion est condamnée et interdite par l'empereur.

54-68 : règne de l'empeur Néron.

69-79 : règne de l'empereur Vespasien.

24 août 79 : éruption du Vésuve.

79-81 : règne de l'empereur Titus.

306-337 : règne de Constantin. L'empereur autorise le christianisme qui devient la religion officielle de l'Empire.

476 : chute de l'Empire romain.

POUR ALLER PLUS LOIN…

Romans et récits

ANDREVON (Jean-Pierre), *Contes et récits des héros de la Rome antique*, Nathan, 2010.

GONZALEZ (Lola), *Complot à Rome*, Flammarion-Père Castor, 2005.

WEULERSSE (Odile), *Tumulte à Rome*, Livre de Poche jeunesse, 2007.

WINTERFELD (Henry), *Caïus et le Gladiateur*, Livre de Poche jeunesse, 2007.

Bandes dessinées

DUFAUX (Jean), DELABY (Philippe), *Murena*, Dargaud, 2002.

GOSCINNY (René), UDERZO (Albert), *Astérix*, Hachette, 1980-2009.

MARTIN (Jacques), *Alix*, Casterman, 1975-2010.

Tes héros dans l'Histoire

– 3000 av. J.-C. 476 apr. J.-C.

Préhistoire | Antiquité | Moye

Rahan
La Guerre du feu

Flavia Gemina

Les chevaliers
Notre-Dam

Livres documentaires

CASTEJON (Philippe), *Sur les traces des fondateurs de Rome*, Gallimard jeunesse, 2009.

DIEULAFAIT (Francis), *Rome et l'Empire romain*, coll. « Les Encyclopes », Milan jeunesse, 2010.

JAMES (Simon), *Rome la Conquérante*, coll. « Les Yeux de la découverte », Gallimard jeunesse, 2010.

MADDISON (Kevin), *Au temps des Romains !* livre-jeu en 3D, Géo jeunesse, 2010.

PONTHUS (René), *Atlas des Romains*, Casterman, 2005.

WIENER (Magalie), *À la rencontrre des Romains*, coll. « Castor doc », Castor poche-Flammarion, 2007.

Films

Quo Vadis ?, Mervyn Le Roy, 1951.

Les Derniers jours de Pompéi, Marcel L'Herbier, 1948.

Ben Hur, William Wyler, 1959.

Spartacus, Stanley Kubrick, 1960.

Gladiator, Ridley Scott, 2000.

ge | 1492 Époque moderne | 1789 Époque contemporaine

Table ronde
Paris

Les Trois Mousquetaires
Marie-Antoinette

Lucky Luke
Harry Potter

Cet ouvrage a été réalisé par les Éditions Milan
avec la collaboration de Ccil et Ingrid Pelletier.
Mise en pages : Petits Papiers
Création graphique : Bruno Douin

Achevé d'imprimer en Espagne par Novoprint
Dépôt légal : 1er trimestre 2017